WITHDRAWN FROM STOCK

Clár

KV-374-649

Quick Pick

'Emmet?'

D'ardaigh Emmet a chloigeann agus d'fhéach go leamh ar an té a bhí ag cur cainte air agus é i mbun urlár an mhionmhargaidh a scuabadh.

'Emmet! Shíl mé gur tú a bhí ann!' arsa an bhean óg.

Sheas Emmet suas díreach, réitigh na spéaclaí ar a shrón agus d'fhéach sé go grinn uirthi. Bean sheang dhea-chumtha a bhí os a chomhair amach, cóta lánfhada a raibh bóna fionnaidh air á chaitheamh aici. An raibh aithne aige uirthi? Arbh í seo Saoirse? Nó Fionnuala? Éimear, b'fhéidir? Cárbh as di fiú?

'Aoife! Ó Mheánscoil Chaoimhín!' ar sí, agus aoibh an gháire uirthi go fóill. 'Bhíomar sa rang Fisice le chéile!'

Ní raibh aon chuimhne ag Emmet ar Aoife ar bith a bheith sa rang fisice leis. Ní nach ionadh nuair a bhí a chloigeann sáite i gcónaí i gcúrsaí ríomhaireachta agus anailíse. Bhí cuimhne ag an gcailín dathúil seo air siúd áfach. Chlaon sé ar an scuab agus rinne lagiarracht meangadh beag gáire a chur ar a aghaidh. Níor theastaigh uaidh ligean air féin go raibh dearmad glan déanta aige uirthi.

'Aoife, ar ndóigh! Tá cuma dhifriúil ort – dath na gréine ort – agus dath do ... do chuid gruaige níos ... níos gile ná mar a bhí sí, sílim?'

1

'Tá! Mar táim díreach tar éis filleadh ó Lake Tahoe! Ag obair go páirtaimseartha mar gharda tarrthála a bhí mé ann. Áit aoibhinn ar fad is ea é – an ghrian ag scoilteadh na gcloch gach uile lá den tseachtain! Ag tabhairt aghaidh ar Thrá Bondi i gceann coicíse eile a bheidh mé. Tá an-sceitimíní orm faoi sin!'

'Ní fheadar cad chuige ar tháinig tú ar ais chuig an dumpa seo in aon chor mar sin?' arsa Emmet, pas beag searbhasach. Is amhlaidh a chuir dea-scéalta eachtraíochta dhaoine eile olc air.

Níor thóg Aoife aon cheann den leadrán a bhí air. 'Oíche na n-iarscoláirí ar siúl an tseachtain seo chugainn gan amhras! An mbeidh tú ann? Samhlaigh – tá deich mbliana curtha dínn againn ó bhíomar ar scoil!'

'Ní bhfuaireas cuireadh.'

Dhearg Aoife. Bhí a béal ar leathadh agus í ag lorg rud éigin le rá nuair a bhris seanbhean isteach orthu.

'An mbeadh a fhios ag ceachtar agaibhse cá bhfuil an snasán troscáin? Táthar tar éis gach rud a athrú timpeall arís sa siopa. Ní féidir liom teacht ar rud ar bith.'

Chrom Emmet síos, d'aimsigh canna snasáin agus shín chuici é.

'Buíochas,' arsa an tseanbhean agus bhailigh sí léi síos an pasáiste.

Dhírigh Emmet ar Aoife an athuair. Bhí sí fós ag bladar léi mar gheall ar oíche na n-iarscoláirí. 'Beimid ag bualadh le chéile sa chathair le haghaidh cúpla deoch. Seans nach raibh a fhios ag daoine go raibh tú fós timpeall na háite!'

'Tháinig siad ortsa agus tú breis is ocht míle ciliméadar ón áit seo.'

Thug Aoife sracfhéachaint fhiosrach ar Emmet ach chuir sí meangadh ar a béal arís ar an bpointe.

'Ócáid neamhfhoirmeálta atá i gceist,' ar sí chomh gealgháireach is a bhí riamh. 'Éist, cuardaigh m'ainm ar Facebook! Tá na sonraí ansin. Dé Céadaoin seo chugainn ...'.

'Tráthnóna Dé Céadaoin?' arsa Emmet. 'Ní bheidh mé saor. Beidh mé ag obair.'

'D'fhéadfá teacht tar éis na hoibre. Ní thosóidh sé go dtí a seacht nó a hocht. Mar a dúirt mé – rud neamhfhoirmeálta atá ann.'

'Beidh mé teannta san obair go dtí meán oíche.'

'Go dtí meán oíche? Ach cá bhfuil tú ag obair?'

'Anseo.'

'Ach cá bhfuil ... Ó!'

Chuir Aoife lámh lena béal. Bhí fáinne mór diamaint ar an lámh chéanna. D'amharc sí ar an scuab a bhí ina lámh i gcónaí ag Emmet. Leath a súile nuair a rith sé léi cad a bhí i gceist aige.

'Anseo ... sa siopa seo! Ó! Thuig mé gur ag ceannach na scuaibe sin a bhí tú! Ó, a Emmet. Bhí tusa ar an duine is fearr sa rang fisice. Shíl mé i gcónaí gur i saotharlann faoi rún daingean a bheifeá ag saothrú ...'

Tháinig guth eile ar snámh chucu tríd an aer agus bhris isteach ar an gcomhrá. Bainisteoir an tsiopa a bhí ann agus í thar a bheith cantalach, mar ba ghnách léi.

'A Emmet!'

'Caithfidh mé filleadh ar an obair,' arsa Emmet go drogallach le hAoife.

'Ar ndóigh!' arsa Aoife de ghuth íseal. Thug sí cúl d'Emmet agus lig uirthi go raibh sí ag déanamh mionscrúdú ar an réimse táirgí glantacháin a bhí ar fáil sa siopa.

'A Emmet,' arsa an bainisteoir an athuair. 'Tá súil agam nach ag meilt ama ansin thiar a bhí tú! Bhíos do d'iarraidh. Nár chuala tú an dordánaí ag bualadh? Nó an mbeidh orm glaoire pearsanta a fháil duit?'

'Ag cur comhairle ar chustaiméir a bhí mé,' a d'fhreagair Emmet, agus an searbhas le cloisteáil ina ghlór i gcónaí. Bhí fuath aige don bhean seo agus a cumhrán nimhiúil.

'Tá custaiméirí ag feitheamh ag barr an tsiopa,' ar sí. 'Ar mhiste leat dul i bhfeighil an scipéid seachas a bheith ag crochadh thart anseo?'

Gheit croí Emmet. Ní raibh sé ag súil go n-iarrfadh sí é seo air go fóill. Ardú céime ab ea é bheith ag glacadh le hairgead sa siopa, rud a raibh sé ag feitheamh leis ón gcéad lá. Ghread sé leis go barr an tsiopa.

Sheas an bainisteoir taobh thiar de agus Emmet ag déileáil leis an gcéad bhuíon custaiméirí. Ba bheag comhairle a bhí uaidh chun tabhairt faoin gcúram. Bhí cur amach aige cheana féin ar fheidhmiú an scipéid airgid. Bhí sé ag obair leis gan dua.

Shroich Aoife barr na scuaine agus Emmet a bhí ag freastal uirthi. Seampú an t-aon earra a bhí aici ina ciseán.

'Agus Lató na hoíche anocht,' ar sí.

'Déanfaidh mise é sin,' arsa an bainisteoir.

'Ní gá,' arsa Emmet. 'Tá a fhios agam conas é a dhéanamh. An bhfuil na huimhreacha ullamh agat, a Aoife?'

'Déanfaidh an Quick Pick cúis,' a d'fhreagair sí.

'Agus an Plus?'

'Agus an Plus.'

Chas Emmet chun an mheaisín in aice leis. Gléas bunúsach a bhí ann. An ceann céanna a bhí sa siopa le deich mbliana anuas ar a laghad. Scáileán tadhaill a bhí air. Ní raibh le déanamh aige ach an cineál Lató a bhí ag teastáil a roghnú – gnáth-Lató oíche Shathairn a bhí i gceist ag Aoife – an cnaipe *Quick Pick* a bhrú agus ar an gcéad taispeáint eile an *Plus* a bhrú.

'Ceithre euro don Lató agus trí caoga don seampú. Sin seacht caoga ar fad,' arsa Emmet. Thug sé an ticéad d'Aoife agus shín sí chuige nóta airgid.

Chaith sé an t-airgead isteach i dtrach an mheaisín agus thóg an tsóinseáil amach. Leis an tsóinseáil, chuir sé an íocaíocht don seampú isteach i scipéad airgid an tsiopa. Bearta airgid éagsúla ab ea an dá rud – íocaíocht an Lató agus airgead an tsiopa.

'D'fhéadfása fós bualadh linn níos moille oíche Dé Céadaoin,' arsa Aoife de chogar, agus í ag glacadh leis an tsóinseáil uaidh. Chuir sí an seampú isteach ina mála. 'Bím sáite i gcónaí sa ríomhaire agus beidh mé ag faire amach duit. Cuirfidh mé tú ar an eolas ar an toirt ach mé a chuardach ar Facebook – nó Twitter!'

'Déanfaidh mé é sin!' arsa Emmet agus d'fhág slán aici.

D'fhair sé ina diaidh, agus í ag bailiú léi. Ní fheadar an mó 'Aoife' a bhí ar na suíomhanna a luaigh sí mar ní raibh tuairim faoin spéir ag Emmet cén sloinne a bhí uirthi.

Díreach ag an nóiméad sin, tháinig mearchuimhne chuige go raibh Aoife i rang éigin ar scoil leis. Ina suí taobh thiar de. Ba chuimhin leis gur léirigh an Aoife seo an-suim ann. B'in toisc go raibh sé de dhrochnós aici a chuid oibre a chóipeáil!

Ach cailín trom goiríneach ab ea í siúd, a bhíodh de shíor ag cur as dó. Shíl Emmet nach bhfeicfeadh sé go deo arís í agus bhí súil aige nach bhfeicfeadh. Scéal eile ar fad a bhí san Aoife seo. Ógbhean ard chaol ab ea í agus cuma an rachmais uirthi. Ní fhéadfadh gurbh í seo an duine céanna.

Ba chuma faoi sin anois. Mar ba chuma sa sioc le hEmmet faoin gcruinniú sa teach tábhairne agus faoin dream a d'fhág sé ina dhiaidh sa mheánscoil. Ní fhaca sé duine ar bith díobh ón lá a chríochnaigh sé an páipéar scrúdaithe deireanach – fisic, mar a tharla. Ní raibh sé ar intinn aige iarracht a dhéanamh Aoife ná duine ar bith eile ón rang a chuardach ar Facebook ná Twitter ná in aon áit eile. Bhí cúraimí níos práinní air ná a bheith ag meilt ama agus ag cur airgid amú leis an scata amadán a bhí sa ghrúpa sin.

Dhírigh sé ar an gcéad chustaiméir eile. Quick Pick eile á cheannach aici.

***

Cúpla mí roimhe sin, sular thosaigh sé ag obair sa siopa, thosaigh Emmet ag póirseáil thart ar shuíomh an Lató. B'iomaí tréimhse ama a chaitheadh sé ag scimeáil ar an Idirlíon agus nuair a bhíodh fonn air, dhéanadh sé bradaíl ar roinnt suíomhanna chun sonraí a bhailiú agus anailís a dhéanamh orthu.

Ba é an rud ba thábhachtaí a bhain sé as an anailís a rinne sé ar shuíomh an Lató ná nach gceannódh sé ticéad Lató go deo arís. Thuig sé gurbh fhíorannamh a bhíodh an mheáníocaíocht a tairgeadh oíche ar bith *níos mó* ná costas na dticéad féin. B'ionann sin agus go raibh an dóchúlacht (codán bídeach) go roghnódh sé na huimhreacha cuí méadaithe faoin íocaíocht a bheadh le fáil, níos lú ná cúpla euro. An cúpla euro a chaithfí ar an ticéad.

Níos measa fós a bheadh an toradh, sa chás go mbuafadh sé, dá mbeadh na huimhreacha céanna roghnaithe ag imreoirí eile. Bheadh air an duais a roinnt leo siúd.

Fíorbheagán daoine a thuig an cluiche Lató i gceart. Chreid roinnt díobh nach bhféadfadh na huimhreacha céanna a bheith mar thoradh air dhá uair as a chéile. Ach níorbh fhíor sin. Nó shíl daoine nach bhféadfadh sraith uimhreacha ar nós 1, 2, 3, 4, 5, 6 ... tarlú riamh. Ach d'fhéadfadh an toradh sin a bheith air chomh maith.

Go teoiriciúil.

Ar ndóigh, bhí gach seans ann gur liathróidí calaoiseacha a bhí sa bhosca ag ceanncheathrú an Lató. D'fhéadfadh ceann amháin a bheith níos troime ná ceann eile – de thimpiste nó d'aon ghnó. Ní bheadh aon deis aige féin anailís a dhéanamh ar a leithéid toisc nach raibh sé in ann mionscrúdú a dhéanamh ar na liathróidí. Agus toisc go n-athraítí na liathróidí ó am go ham.

Mhaolaigh an seans ag duine ar bith airgead a ghnóthú ón Lató le hathrú an phróisis iontrála agus buachana. Bhí an próiseas tar éis éirí níos casta le himeacht ama de bharr méadú ar líon na n-uimhreacha, an Plus, na réaltaí agus eile.

Nuair a rinne Emmet an bhradaíl, thuig sé go bhféadfadh sé a fháil amach cá raibh imreoir a bhí ag ceannach ticéid nó ag seiceáil uimhreacha Lató ar an Idirlíon. Thug sé faoi deara an líon daoine a chuaigh i muinín an Quick Pick. Ceal ama agus leisce faoi deara an claonadh sin, dar leis.

Bhí gach buaiteoir in ann an t-airgead a bhuaigh sé nó sí, faoi bhun suim áirithe, a bhailiú ó shiopa ar bith ina raibh an Lató ar díol. Ach chun airgead buaite, a bhí os cionn suim áirithe a éileamh, níor mhór don bhuaiteoir dul isteach chuig an gceanncheathrú chun é a bhailiú.

Bhí Emmet den tuairim go mba bhreá leis dul ag obair i geanncheathrú an Lató chun tuilleadh eolais a fháil agus leas a bhaint as an eolas sin. Ach bheadh sé níos éasca post a fháil in Spar nó Centra ina raibh an Lató ar díol. Bhí féidearthachtaí aige ansin fós. B'in é an fáth ar chuir sé isteach ar phost ag glanadh urlár mionmhargaidh i lár na cathrach. B'éigean dó an t-iarratas aige a shimpliú ar ndóigh, agus fuair sé an post.

Bhí clár speisialta scríofa ag Emmet. Dúshlán ab ea é an clár a scríobh agus thóg sé tamall air, ach d'éirigh leis. Córas oibriúcháin comhoiriúnach – Linux – a bhí aige ar ríomhaire dá chuid sa bhaile. D'uaslódáil sé an clár ar a fhón póca. B'in a raibh uaidh.

**

D'ardaigh an teicneoir clúdach mheaisín ársa Lató an tsiopa agus bhreathnaigh isteach.

'Níl an chuma air go bhfuil aon rud cearr go fisiciúil leis an meaisín. An mbíonn ort rolla nua páipéir a chur ann níos minice ná de ghnáth?

Bhain Emmet croitheadh as a chloigeann.

Shéid an teicneoir anáil trína pholláirí. 'Bhuel,' ar sé agus é ag cur síos an chlúdaigh, 'is é an rud is fearr ná an rud a thástáil. Ar mhiste leat líne Quick Pick a dhéanamh dom?'

Rinne Emmet amhlaidh, fuair an Quick Pick agus shín an duillín Lató chuig an teicneoir.

'Cóip amháin a tháinig amach!' arsa an teicneoir. Ba léir go raibh ionadh air. 'Deir sé sa tuairisc ón gceanncheathrú go bhfuil gach líne Lató á roghnú faoi dhó sa siopa seo! Ní dóigh liom go bhfuil an t-eolas sa tuairisc i gceart. Ní bheadh gach uile chustaiméir ag ceannach ticéad sa bhreis leis na huimhreacha céanna don aon chluiche Lató! Ní bheadh ciall dá laghad leis sin!'

'Ciall dá laghad,' arsa Emmet. 'Ach, nach bhféadfadh beirt chustaiméirí na huimhreacha céanna a roghnú?'

Rinne an teicneoir a mhachnamh air seo. 'Cinnte, d'fhéadfadh sé go dtarlódh sé sin ó am go chéile, ach tá líne sa bhreis á ceannach gach uile uair don chluiche céanna agus níl ach íocaíocht amháin ag teacht isteach!'

'Cuirfimid an dara ticéad ar ceal mar sin,' arsa Emmet.

Bhain an teicneoir croitheadh as a chloigeann an uair seo. 'Is ticéad bailí atá i ngach aon cheann díobh. Ní féidir ceann acu a chur ar ceal. Féach, tá uimhir aitheantóra uathúil – fiche a hocht ndigit – ag dul le gach ticéad.'

Dhírigh an teicneoir a mhéar ar an ticéad a bhí Emmet tar éis a phriontáil dó agus thaispeáin an uimhir aitheantóra ag bun an duillín dó. 'Tuigtear dúinn go bhfuil na huimhreacha céanna á roghnú an dara huair, ach níl an uimhir aitheantóra chéanna ar an dara cóip. Uimhir dhifriúil atá ann. Sin é an fáth gur ticéad bailí é an dara cóip. Ní fios dúinn cé acu ticéad 'an chóip' nó más cóip í in aon chor.'

'Tá sé sin an-chasta!' arsa Emmet agus é ag déanamh mionscrúdú ar na huimhreacha ar an ticéad.

'Cor aisteach ar fad is ea é. Níor tháinig mé air go dtí anois. Níl mé ábalta bun ná barr a dhéanamh den scéal. Ní ortsa an locht. Tá mé do do chiapadh is dócha!'

'Fadhb ar bith!' arsa Emmet. 'An bhfuil aon rud eile a d'fhéadfainn a dhéanamh duit?'

'Ní dóigh liom go bhfuil. Tá an meaisín seo go breá. Táim ag ceapadh anois gur san oifig istigh – sa cheanncheathrú – atá an fhadhb. De réir an taifid ansin, is dhá líne atá á gceannach. B'fhearr dom na meaisíní istigh a scrúdú – iad ar fad!'

'Is tusa an saineolaí ar ndóigh!' arsa Emmet.

D'fhág an teicneoir slán aige, agus dúirt go bhfillfeadh sé laistigh de choicís chun meaisín nua a chur isteach mura dtiocfaidís ar réiteach ar bith eile air idir an dá linn. Chrom Emmet ar a chuid oibre an athuair gan bacadh le híocaíocht a bhailiú don líne Quick Pick a thug an teicneoir leis.

Ní raibh puinn trua ag Emmet do lucht an Lató, a bhí ag cailleadh íocaíocht amháin as gach péire ticéad a bhí á eisiúint sa siopa seo. Dar le Emmet íocaíocht bhreise a bhí á lorg acu as ucht an dara ticéad, cé nach raibh aon mhéadú ag teacht ar an gciste airgid a bhí á bhronnadh acu.

Go déanach an tráthnóna sin nuair a bhí an siopa ciúin, bhí Emmet i mbun urlár an tsiopa a scuabadh. Stad sé nóiméad chun sos beag a ghlacadh in aice an mheaisín Lató. Agus é ina sheasamh san áit ina raibh sé, shín sé lámh timpeall an mheaisín, amhail is nach raibh sé ach ag claonadh i gcoinne an chuntair agus é ag feitheamh ansin.

Bhrúigh sé cábla a bhí ceangailte leis an bhfón póca isteach sa phort srathach. D'íoslódáil sé ar an bhfón na sraitheanna uimhreacha go léir a bhí stóráilte sa mheaisín. Sa chlár a bhí cumtha aige, cuardaíodh gach líne uimhreacha ina raibh breis is trí uimhir cothrom leis na huimhreacha a bhí i dtorthaí Lató na hoíche sin. Go randamach, cuireadh uimhir aitheantóra nua le gach ceann de na línte sin.

Bhuail sé an cnaipe cuí ar an meaisín agus amach leis na duillíní Lató go léir a raibh luach cúpla míle de bhua orthu ar a laghad – níor bhac sé le mioníocaíochtaí. Níor bhac sé le móríocaíochtaí ach oiread. Níor mhian leis aird a tharraingt air féin. Chloígh sé leis na roghanna Quick Pick amháin.

Ina dhiaidh sin, bhuail Emmet cnaipe a phriontáil cóipeanna de thorthaí Lató na hoíche sin. D'fhág sé ar an seastán iad le go mbeidís ar fáil do chustaiméirí. Chuir sé a dhuillíní féin isteach ina phóca.

Bhain Emmet an cábla amach as an bport srathach agus chuir é sin agus an fón ar ais ina phóca. Bhí an beart curtha i gcrích go discréideach aige.

Rachadh sé isteach lá arna mhárach chuig oifig an Lató chun an t-airgead a bhí ag dul dó a bhailiú. Chuirfidís-sean isteach ina chuntas airgid é.

Bhí sé i gceist aige an siopa a fhágáil chomh maith. Bhraith sé go mbeadh sé deas ligean dóibh a cheapadh go raibh an fhadhb réitithe acu nuair a chuirfí an meaisín nua isteach sa siopa. Is é an dearadh céanna a bhí ar na meaisíní nua, rud a chiallaigh nach mbeadh mórán oibre i gceist chun an rud céanna a dhéanamh arís amach anseo dá mba mhian leis, i siopa éigin eile.

***

Bhrúigh Aoife a beola le chéile chun go suífeadh an béaldath i gceart orthu. Chuir sí síos an bata agus chas ar ais ar an ríomhaire chun a teachtaireachtaí a sheiceáil an athuair. Dada.

Bhí Aoife dóite den saol. Bhí sí tar éis slám airgid a chailleadh i gcluiche pócair ar maidin agus bhí sí amuigh as an gcluiche anois. Bhí sí idir dhá chomhairle faoi thosú as an nua. Ba bheag eile a bhí le déanamh aici agus bhí géarghá aici cur lena ciste pearsanta.

Bhí sí ar tí diúltú a bheith páirteach sa turas domhanda pócair – Pócar i bParthas, is é sin le rá an Astráil – nuair a las an clúdach beag litreach ag cur in iúl di go raibh teachtaireacht nua ann di. Bhrúigh sí an cnaipe agus nuair a chonaic sí cad a bhí ann, tháinig straois ar a haghaidh.

Bhí duine díobh siúd a raibh sí á gcreachadh tar éis carn mór a chur i dtaisce sa bhanc. Bhí stór maith airgid gnóthaithe aige faoin am seo, agus é ag ceapadh gan amhras, go raibh a shealúchas slán sábháilte i gcuntais éagsúla i mbainc éagsúla. Ach bhí Aoife ag faire go géar air le tamall anuas. Ní de bharr a bheith ag scuabadh urláir siopaí a bhí Emmet tar éis an t-airgead seo a shaothrú ach faoi cheilt. Níorbh eol di go cinnte go fóill conas a d'éirigh leis é a dhéanamh ach ní ró-éagsúil lena modhanna féin a bhí sé.

Bheadh tuarastal maith á thuilleamh ag Aoife inniu dá mbeadh sí páirteach go gairmiúil i scuad calaoise. Ach bhí brabús níos fearr le tuilleamh aici as a bheith ag baint bairr de chuntais choigiltis.

Sciorrann an tAm

Leigheasann an t-am gach aon ní. B'in a bhí mar theideal ar an alt san iris a bhí oscailte amach ag Cillian. Sa siopa leabhar ag an aerfort a cheannaigh sé an iris, ag súil lena aird a choimeád ar rud éigin le linn na heitilte seachas an cruinniú a bhí roimhe ag ceann scríbe.

Dhírigh sé a shúile an athuair ar an gcló ach ní dheachaigh sé níos faide ná an teideal. Leigheasann an t-am gach aon ní.

Cé mhéad ama a bhí i gceist? Cúpla seachtain? Roinnt míonna? Blianta? Ar leor fad saol duine chun go dtiocfadh leigheas air tar éis tubaiste? Ní raibh aon leigheas ar fhadhb Chilliain agus ní bheadh riamh. Leigheasann an t-am gach aon ní – a leithéid de bhréag! Nath cainte gan rath. Gan bhrí.

Chaith Cillian uaidh an iris agus bhreathnaigh amach an oscailt bheag taobh leis. Bhí an ghrian ag lonrú ar an bhfarraige thíos faoi.

Chuimhnigh sé ar an gcéad uair a ndeachaigh sé thar lear go mór-roinn na hEorpa, ar eitleán agus é ina pháiste. Shíl sé go bhfeicfeadh sé thíos faoi línte ama na cruinne faoi mar a bhí leagtha amach ar mhionchruinneog an tseomra ranga. Bhí díomá agus náire air nuair a thuig sé nach raibh ann ach cur i gcéill. Bréag eile. Cur i gcéill a bhí sa chaidreamh idir é féin agus a iarbhean chéile. Cur i gcéill a bhí sa chultas ar mheall sí isteach ann é.

Bhí Cillian in ann talamh a dhéanamh amach roimhe anois. D'eitleoidís thar an mBeilg agus ní fada ina dhiaidh sin go bhfeicfeadh sé ardchlár bán thuaisceart Lucsamburg. Is gearr go mbeadh an criú ag rá leo an crios sábhála a cheangal agus iad ag tuirlingt.

***

Thaispeáin Cillian blúire páipéir agus seoladh air don tiománaí tacsaí a thabharfadh ón aerfort é chuig bloc oifigí ar imeall na cathrach. Níor labhair ceachtar acu focal i rith an turais.

Cuma sheanfhaiseanta chaite a bhí ar an bhfoirgneamh ina raibh an choinne le bheith aige. Chuir Cillian é féin in aithne tríd an ngléas cumarsáide, scaoileadh an doras agus b'iúd leis san ardaitheoir beag go dtí an ceathrú hurlár.

Fear aonair agus cóta bán air a chuir fáilte roimh Chillian nuair a d'oscail doras an ardaitheora. Murabak a thug sé air féin. Bhí Béarla líofa aige.

'Fáilte, a Chilliain,' ar sé de thuin bhog réidh. 'Ar mhiste leat teacht isteach go dtí an seomra scrúdaithe?' Nocht sé na fiacla deasa bána aige nuair a rinne sé aoibh leis, ach bhí easpa comhbhá ag baint leis.

Bhí an seomra scrúdaithe díreach in aice leo. Isteach le Cillian agus bhreathnaigh go neirbhíseach mórthimpeall air. Bhí drochscéalta cloiste aige faoi áitreabhaigh shalacha agus bhí sé ullamh le himeacht dá mbeadh aon amhras air mar gheall ar an áit seo. Ach áit ghlan lom ab ea é, gan sa seomra ach bord, cúpla cathaoir, ríomhaire agus taisceadán. Thug sé faoi deara nach raibh aon leaba ann.

'An anseo a dhéantar an gnó?' a d'fhiafraigh Cillian gan choinne den fhear eile.

D'amharc Murabak go smaointeach air. 'Bhíodh seomrín eile againn san áiléar ach ní dhearnamar an léas a athnuachan, faraor. Níl againn ach an oifig seo anois.'

Dhún sé an doras taobh thiar díobh. Shuigh Cillian síos. Shuigh Murabak trasna uaidh, é ag caint i gcónaí. 'Is amhlaidh a thugaimid cuairt sa bhaile ar dhaoine atá ina gcónaí sa tír seo, ach go háirithe nuair nach bhfuil siad ábalta teacht anseo chugainne. Bíonn sé níos fusa do gach duine, má thuigeann tú leat mé.'

Is ar éigean a d'admhaigh Cillian gur thuig sé é má chuala sé é. Bhí sé claonta chun tosaigh ina chathaoir agus é ag feitheamh leis an eolas a bhainfeadh leis féin.

Chas Murabak ar an ríomhaire in aice leis agus d'oscail comhad Chilliain. 'Ach is ón iasacht tusa. Is dá bhrí sin a shocraíomar an choinne a bheith againn anseo. Glacaim leis nach bhfuil aon duine in éindí leat – neasghaol ná duine ar bith eile?'

'Táim colscartha,' arsa Cillian agus é ag caitheamh amach na bhfocal. 'Agus ar ndóigh níl aon chlann orm.'

Sméid Murabak a chloigeann. Thug sé sracfhéachaint ar scáileán an ríomhaire sular labhair sé arís. 'Tá do chuid sonraí agam anseo. Tugtar le tuiscint dom nach tinneas foirceanta atá ort.'

'Ach ní gá go mbeadh chun go mbeinn in ann leas a bhaint as na seirbhísí atá á dtairiscint agaibh,' arsa Cillian.

'Tá an ceart agat. Ach cuimhnigh go bhfuil an tsuim chéanna againn fad a chur le saol duine más féidir, is atá againn cúnamh a thabhairt maidir le fulaingt duine a chur ar ceal.'

Chuir Cillian grainc air féin. Ba dheacair dó é sin a chreidiúint. Ní hé sin an tuiscint a bhí aige faoin eagraíocht in aon chor. Thug sé faoi deara Murabak ag breathnú go géar anois air.

'An bhfuil uamhan báis ort?' a d'fhiafraigh sé de Chillian.

Bhí a mhachnamh déanta cheana féin ag Cillian ar an gceist seo. 'Is mó an eagla atá orm a bheith beo ná a bheith marbh. Is éard is mó a chuireann as dom ná an baol nach gcuirfidh tú an beart i gcrích i gceart. Go ndúiseoidh mé agus ... nach mbeidh mé marbh.'

Bhí sos ann sular labhair Murabak. 'Tá tú ag fulaingt, a Chilliain,' ar sé.

Chuirfeadh na focail thuisceanacha chneasta seo deora le súile Chilliain tráth, ach bhí maoile mothúchán tar éis teacht air le himeacht na mblianta. Ba chuma cad a déarfadh an duine eile, ní bheadh tuiscint go deo aige riamh ar an méid a bhí Cillian a fhulaingt.

Labhair Murabak sa tuin réidh chéanna i gcónaí.

'Beidh áthas ort mar sin a chloisteáil uaim nach ndeachaigh mé amú go fóill. Is trua liom nach bhfuil aon chliant de mo chuid in ann fianaise a thabhairt air sin. Ach is maith an rud é sin, nach ea?'

Caint idir shúgradh agus dáiríre a bhí ag an duine seo. Níor oir sé don ócáid, dar le Cillian.

'Ba mhaith liom fios a bheith agam cad go díreach a tharlóidh,' ar sé.

Chuir Murabak a lámha le chéile faoi mar a bheadh sé ag paidreoireacht.

'Tá modhanna éagsúla ann,' ar sé. 'Ar chuala tú trácht ar an mála éalaithe?'

An mála éalaithe. Chuala Cillian trácht air sin cheana ach chuir an téarma samhnas air.

'Cuireann an modh áirithe sin as dom,' ar sé le deacracht.

'Níl aon phian i gceist leis,' arsa Murabak go héadrom.

'Is cuma sin. Bíonn uamhan clóis orm.'

Saoirse a bhí uaidh ón ngéibheann ina raibh sé fáiscthe, ceangailte. Mhúscail sé cheana féin tar éis obráid nár cuireadh i gcrích i gceart agus tromluí gan deireadh ab ea a shaol ó shin. Ní bhfaigheadh sé suaimhneas ná saoirse istigh i mála plúchta.

'Nílim ach ag iarraidh go mbeidh tú eolach ar na féidearthachtaí éagsúla atá ar fáil duit,' arsa Murabak. 'Tá meaisín nua againn chomh maith. Tá anrath air. Níl ort ach cnaipe a bhrú sula dtéann tú a luí ann. Mholfainn duit é ach bheadh orm tú a sheoladh chuig ionad eile.'

'Dá laghad dua agus is féidir atá uaim,' arsa Cillian. Lig sé osna. 'I ndáiríre, b'fhearr liom bás a fháil sa bhaile. Ach is dócha nach bhfuil sé sin indéanta. Sin an fáth a bhfuilim anseo. B'fhearr liom piollaire a thógáil. Is é sin an rud is simplí, dar liom.'

D'fhéach Murabak go truamhéalach air.

'Is trua nach bhfuil an cineál leighis atá á thairiscint againne anseo le fáil agat sa bhaile. Chabhródh sé leis an oiread sin de do chómhuintir. Ach is cinnte gur féidir linn cabhrú leat ina ainneoin sin. Is agatsa an rogha tabhairt faoin bpróiseas seo agus is agatsa an rogha maidir le gach a mbaineann leis.'

Bhrúigh Murabak cnaipí eile ar an ríomhaire. 'Is é an réiteach is fearr duit ná leigheas indíleáite. Is féidir é a thabhairt abhaile leat, faoi mar a dhéanfá le hoideas ar bith ón gcógaslann.'

'Tá tú ag caint ar dhrugaí? Nach stopfar ag an aerfort mé? Níl an cleachtas seo inghlactha sa bhaile. Is é sin an fáth ar tháinig mé anseo ar an gcéad dul síos.'

'Oideas úrnua atá á dháileadh againn anois. Dul chun cinn é ar an leigheas a bhí againn go dtí seo. Dá bhrí sin, níl aon dlí ann – go fóill ar aon nós – maidir leis na drugaí seo. Ní bheifear ar do thóir ná ní stopfar thú.'

Shuigh Cillian siar sa chathaoir. Ní raibh sé ag súil leis seo ach ba bhinn leis é mar scéal.

'An mbeadh aon phian i gceist leis?'

'Tá tú ag fulaingt le fada, nach bhfuil?' arsa Murabak. 'Tuigim do chás. Pianta an tsaoil – tá siad dosheachanta. Ach tá rogha ann maidir le fulaingt. Geallaim duit go bhfuil an modh seo saor ó phian agus go mbeidh tú saor ó fhulaingt.'

Sméid Cillian a chloigeann. Seo a bhí uaidh. Níor labhair sé ar eagla go gcloisfí creathán ina ghuth.

'Sheol tú an ráiteas pearsanta chugainn cheana féin,' arsa Murabak agus é ag breathnú ar an scáileán an athuair. 'Tá sé sin léite ag an síciatraí agus dearbhú déanta aige. Ar a fhianaise sin, tá an dochtúir tar éis an t-oideas a ordú.'

Bhris Cillian isteach air. 'Nach tusa an dochtúir?'

Bhain Murabak croitheadh as a chloigeann. 'Ball neamhspleách is ea mise. Dlíodóir, mar a tharlaíonn sé. Tá gach rud ullmhaithe agam duit. Níl uaim anois ach dearbhú uait i bhfoirm labhartha agus i bhfoirm scríofa.'

'Nach leor díreach an rud damanta a shíniú?'

'Tá sé de pholasaí againn taifeadadh a dhéanamh agus an ráiteas á léamh amach agat. Go dtí seo, ba dóibh siúd amháin nach raibh cumas scríobh iontu de bharr pairilise an fístaifeadadh.'

'Cad a dhéanfaidh mé mar sin?' arsa Cillian.

'Fan san áit ina bhfuil tú,' arsa Murabak. Chas sé an monatóir ionas go raibh an scáileán agus an ceamara beag a bhí ar an ríomhaire dírithe ar Chillian.

'Mar a fheiceann tú ansin, tá an ráiteas pearsanta a sheol tú chugainn cúpla lá ó shin le feiceáil ar an scáileán. Faoina bhun sin, tá an dearbhú go bhfuil tú ag lorg cúnaimh. Ar mhiste leat an dá chuid sin a léamh amach nuair a bheidh tú ullamh?'

Stán Cillian ar an alt ar an ríomhaire. B'in iad na focail a chum sé. Ní raibh iontu ach focail. Ar shlí, ní raibh aon chiall le focal ach tuiscint a bhronn daoine orthu chun cumarsáid a dhéanamh. Sraith litreacha a fhuaimniú. Ní raibh le déanamh aige ach iad a léamh. Guth a chur le cruthanna a dhéanfadh sé lena bhéal. Chun iad a rá os ard. Níor ghá aon mhothúchán a chur iontu. B'fhearr gan smaoineamh ar an míniú a bhí taobh thiar díobh. Dhéanfadh sé an rud céanna leis na piollairí ar ball. Iad a ghlacadh, faoi mar a chaithfeadh sé siar bia ar bith. Ligean dóibh siúd dul i bhfeidhm air, gan aon lámh a chur ann.

Thosaigh sé ag caint.

'Bhí an oiread sin grá agam do Liza gur iompaigh mé i mo Mhoslamach. Mar íobairt reiligiúnach, rinneadh timpeallghearradh orm faoi ainéistéiseach ginearálta. Spochadh mé. Coillteán is ea mé gan leigheas ar m'fhadhb. Ní mian liom maireachtáil mar seo a thuilleadh. Ní beo liom mo bheo.'

'Agus an dearbhú,' arsa Murabak de chogar.

'Dá bhrí sin táim ag tapú cúnaimh chun lámh a chur i mo bhás féin. Is as mo stuaim féin atáim ag éileamh na seirbhíse seo.'

B'in deireadh na habairte. Bhrúigh Murabak an táibléad chuige.

'Ar mhiste leat an fhoirm a shíniú?'

Thóg Cillian an peann ina lámh agus chlaon ar an táibléad. Bhí an síniú le feiceáil láithreach ar an scáileáin faoi bhun an ráitis.

Nuair a bhí sin déanta aige, stop Murabak an taifeadadh.

'Níl ach rud amháin eile le plé againn,' ar sé. 'Is é sin an gála deiridh. Is féidir é a thabhairt trí ríomhaistriú airgid a dhéanamh ar an toirt.'

Bhrúigh Murabak cúpla cnaipe eile ar an méarchlár agus in áit na cáipéise oifigiúla, bhí fuinneoga bainc ar oscailt.

'I ndiaidh duit é sin a dhéanamh, beidh mé in ann an leigheas a thabhairt duit. Dhá chuid atá ann. Cuirfidh an chéad chuid ar do shuaimhneas tú. Ní haon bhaol duit iad na piollairí sin. Tóg anois iad. Níos déanaí beidh tú in ann an dara cuid den leigheas a thógáil – an comhábhar gníomhach. Púdar atá ann. Níl le déanamh ach é a chur isteach i sú torthaí nó i ngloine uisce fiú. Beidh tú ábalta filleadh ar an mbaile anocht agus an deoch a ullmhú duit féin ansin. D'fhéadfá é a thógáil sula dtéann tú a luí.'

'Ach má bhíonn moill ar an eitilt,' arsa Cillian. 'Cad a dhéanfaidh mé ansin?'

'Beidh neart ama agat,' arsa Murabak ag iarraidh uchtach a thabhairt dó. 'Geallaim duit é sin. An bhfuil aon cheist eile agat, sula gcuirfimid an beart i gcrích?'

Chaith Cillian súil siar ar an gcruinniú agus ar an lá ina iomlán. 'Deirtear go leigheasann an t-am gach aon ní,' ar sé go tobann. 'Cad é do thuairim faoi sin?'

Bhain Murabak searradh as a ghuaillí. 'Sciorrann an t-am,' ar sé. 'Ní leigheasann sé rud ar bith.'

***

Ticéad singil a bhí ceannaithe ag Cillian ag teacht isteach sa tír. Ní raibh aon chiall le ticéad fillte a cheannach agus é ag teacht anseo. Ach anois bhí sé ag dul abhaile. Bhí an chuma ar an scéal nach mbeadh aon ticéad don turas abhaile le fáil aige anocht. Ach mar a mhol Murabak dó, d'fhill sé ar an aerfort agus rinne an scéal a fhiosrú.

'Tá an t-ádh dearg leat,' arsa an freastalaí. 'Bhí an eitilt lán go dtí go ndearna paisinéir amháin an cinneadh díreach anois go raibh sí ag iarraidh fanacht anseo tar éis an tsaoil. Chun go mbeadh sí lena grá geal de réir dealraimh! Tá suíochán amháin fágtha mar sin, agus is leatsa é.'

Bhí an eitilt le himeacht faoi cheann leathuaire. D'íoc Cillian as an ticéad agus chuaigh díreach go dtí an geata. Ní raibh aon bhagáiste aige, rud a rinne an próiseas ní ba shimplí fós.

Ag teacht ón Áis a bhí an t-eitleán áirithe seo. Ag talmhú i gCathair Lucsamburg a bhí sé áit a raibh cúpla paisinéir ag tuirlingt, agus roinnt eile, Cillian ina measc, ag bordáil le dul ar chéim dheiridh an aistir.

Bhraith Cillian rud éigin ag múscailt ann féin. Sonas? Ní hea. Ní fhéadfadh sé a bheith sona go deo arís. Faoiseamh an rud a bhraith sé. Saoirse ó bhuaireamh agus ó chrá an tsaoil. Mhothaigh sé go raibh sé seo tuilte go maith aige.

Agus é ag suí isteach sa suíochán in aice na fuinneoige, áit ab fhearr leis suí

21

i gcónaí, d'fhógair an captaen go mbeadh moill orthu. Chuir sé seo isteach ar chuid de na paisinéirí, ach go háirithe orthu siúd a bhí tar éis an turas iomlán go dtí seo a dhéanamh agus a bhí ag fanacht fós ar cheann scríbe a bhaint amach.

Is de bharr na moille sin a tháinig an t-aeróstach timpeall chucu ag tairiscint deochanna do na paisinéirí.

'An mbeidh sólaiste agat?' a d'fhiafraigh sí de Chillian. 'Tá sé saor in aisce, mar chúiteamh ar an míchaoithiúlacht.'

Chuir Cillian lámh lena phóca áit a raibh an paicéad púdair a bhí tugtha ag Murabak dó. Bhí an t-oideas ullamh ag an dlíodóir dó sa taisceadán sa seomra scrúdaithe.

'Beidh gloine uisce agam.'

Agus é ag feitheamh san eitleán, rinne Cillian a mhachnamh ar an gcailín a lig uaithi an suíochán. Chun go mbeadh sí lena grá geal, a dúirt an bhean. Chuir an gníomh a rinne an cailín sin éad ar Chillian. Ní dhéanfadh Liza a leithéid go deo. Coinneáil leis an bplean – ba é sin ba thábhachtaí. Rinne sé gach iarracht cloí lena bealaí éisealacha, leis na rialacha dochta a leag sí síos. Cultas a bhí sa mhodh maireachtála a chleacht sí. Cultas a bhí sa reiligiún dár ghéill sí agus dár ghéill Cillian leis, ar feadh tréimhse. Bhí sé saor uaidh sin anois. Bhí sé saor.

Bhí fonn suain ag teacht ar Chillian. Na drugaí ag dul i gcion air. Geiteadh as an mbrionglóideach é agus an t-aeróstach ag cromadh thairis. 'Aisteach sin,' ar sí agus í ag féachaint amach an fhuinneog in aice leis. 'Tá dul amú ar an bpíolóta sin thall. Níl aon chead imeachta go fóill ag an aerárthach eile sin.'

D'fhéach Cillian amach an fhuinneog. Bhí eitleán eile á ionramháil ar an rúidbhealach a bhí ingearach leo, é ag teacht ina dtreo ar lánluas. Ba bheag spás a bhí idir an t-árthach sin agus an t-árthach ina raibh Cillian ina shuí. Stán sé, gan mhothú, ar an inneall anchúinseach a bhí ag teacht i gcóngar dó. D'ardaigh an t-eitleán an tsrón, ach ródhéanach a bhí sé.

'Níl dóthain slí ann,' a bhéic an t-aeróstach.

B'in iad na focail dheireanacha a chuala Cillian.

Bí liom

Bí liom de shíor, tá 'n oíche ag druidim liom
Dorcha mo dhomhan a Thiarna bí liom
Fiú nuair a thréigeann sólaistí an tsaoil
A chara na gcráiteachán, ó bí liomsa de shíor.

Choisric Éilis í féin, d'éirigh ón mbinse ar a raibh sí ar a glúine, agus thug aghaidh ar an mbealach amach. Sular shroich sí an doras mór adhmaid, osclaíodh roimpi é agus lonraigh gathanna gréine an earraigh isteach tríd an oscailt.

Duine de lucht an pharóiste a bhí ag teacht isteach. Gan amhras bheadh sé ar thóir ciúnais agus síocháin na háite. Bhreathnaigh sé ina treo, é ag gliúcaíocht agus ag iarraidh a dhéanamh amach cé a bhí ann roimhe sa dorchadas. D'aithin sé Éilis. Sméid a chloigeann go sollúnta léi agus choinnigh sé an doras ar oscailt chun ligean di éalú.

Agus í ag fágáil an tséipéil an mhaidin áirithe sin, chas Éilis agus d'amharc i dtreo an chloig sa túirín. Bhí dóthain ama aici go fóill sula mbeadh uirthi déanamh ar an traein a thabharfadh go dtí an t-aerfort í agus bheartaigh sí ar dhul ar shiúlóid in aice an chuain.

Chuala sí na cloigíní ag bualadh i dtúirín ard an tséipéil. Le breis agus céad bliain anuas, bhí na cloigíní céanna ag bualadh amach 'Bí Liom de Shíor' gach aon lá. Bhí orgán san áiléar, áit a seinntí an t-iomann céanna ar ócáid phósta na ndaoine uaisle a mhair sa cheantar na blianta roimhe sin. Bhí sé le seinm ar ócáid phósta Éilis a bhí le bheith ann cúig bliana is fiche roimhe sin.

***

'Ní thig liom ... ní thig liom é a dhéanamh,' arsa Éilis. Shil a súile móra gorma deora móra bróin. 'A Mham, ní thig liom é a phósadh.'

Lig Valaire dá hiníon a ceann a leagan ar a gualainn agus thit caille bhán na hógmhná óna coirnín gruaige fada dorcha. B'eol di le tamall anuas go raibh Éilis corraithe faoi rud éigin. Chuir sí ina luí uirthi féin nach raibh ann ach na sceitimíní a bhí ar an gcailín mar gheall ar lá a pósta.

Bhí gach rud socraithe – an dáta, an séipéal, an t-óstán, an gúna agus an cáca. Bhí Valaire tar éis gach búitíc in Plymouth a ransú go dtí gur tháinig sí ar fheisteas a bheadh feiliúnach d'ócáid phósta a hiníne. Agus, nuair a bhí an méid sin déanta, cén chúis imní eile a bheadh ann?

'Risteard,' arsa Éilis, agus na deora ag titim anuas ar sheaicéad bánchorcra a máthar. 'An bhfuil a fhios agat gur chuir sé lena fhocal? Dúirt mé leis seacht mbliana ó shin go bpósfainn é nuair a d'éireodh leis. D'oibrigh sé go dian. Tá cáil mhór air anseo anois in Brixham. Tá meitheal dá chuid féin aige ar bord an *Samara* – bád iascaireachta den chéadscoth. Tá gach rud foirfe ... ach ... ach mise. Braithim nach bhfuil sé in am domsa pósadh an tráth seo de mo shaol.'

B'amhlaidh a chuir Éilis ina luí ar a máthair nár pháiste í a thuilleadh, go raibh sí go maith in ann pé cinneadh a bhí le déanamh, a dhéanamh.

'Ó, a Lísí bhoicht!' arsa Valaire, cé nach d'Éilis amháin a bhí an trua aici. 'Ní foláir dom féin agus do Dhaid leithscéal a ghabháil leis an slua atá ag feitheamh sa séipéal. Agus Risteard bocht! Brisfidh tú a chroí!'

***

Síos go réidh le hÉilis i dtreo an mhargaidh. Líon sí na scamhóga le haer úr an chladaigh. Bhí an fharraige ciúin inniu, ach boladh láidir éisc le brath i gcónaí san aer. Dhruid sí a scaif trasna a haghaidh.

Bhí cáil mhaith ar Ché Brixham mar chalafort iascaireachta, agus an trádáil ar siúl ann leis na cianta. Bhí cairde ag Éilis a raibh aithne aici orthu ó bhí siad ag freastal ar an scoil. Anois bhí siad anseo ag díol éisc.

Siúd isteach tríd an margadh léi. Bhí slua maith ann inniu agus an t-ardán á ullmhú don bhanna ceoil. D'amharc sí ar na stainíní éisc agus ar an bhflúirse cudal agus muiríní a bhí na ceannaithe éisc a thairiscint di.

Ghlaoigh na díoltóirí amach chuici, agus iad ag iarraidh í a mhealladh chun a gcuid éisc a cheannach uathu. Arsa bean thoirtiúil amháin léi agus éisc amh ina lámh aici: 'Leathóg bhallach anseo. Tá turbard agam chomh maith ... nó ar mhaith leat sól, a stór? Leathóg mhín is ea an píosa seo. Ríbhlasta. Roinnt mustaird uirthi agus beidh sí go hálainn ...'.

Chroith Éilis a cloigeann. Ní raibh aon fhonn uirthi iasc a cheannach inniu.

Lean sí uirthi síos chuig an bpromanáid a thabharfadh chuig an stáisiún traenach í. Chaith sí leathshúil amach sa seans go bhfeicfeadh sí trálaer a dearthár ar an slí.

Deartháir amháin a bhí ag Éilis. Adrian ab ainm dó agus é ceithre bliana ní b'óige ná í. Triúr páistí bhríomhara a bhí aige féin.

Dáréag clainne a bhí ag uncail Éilis, deartháir a máthar. Chuaigh sé féin agus a bhean ar imirce go Meiriceá Thuaidh nuair a phós siad. Níor theip orthu ó thús coinneáil i dteagmháil leo siúd a d'fhan sa bhaile. Bhí sé i gceist ag Éilis, Risteard agus a muintir ar fad cuairt a thabhairt orthu i ndiaidh na bainise.

***

'D'íocamar ár ndóthain as an lóistín agus na heitiltí go Victoria. Bhíomar ar fad ag tnúth go mór le dul ann. Bheadh sé amaideach é sin ar fad a chur amú.' B'in an chéad rud a dúirt Adrian nuair a fuair sé amach nach raibh Éilis agus Risteard le pósadh an lá sin. Bhí cuireadh faighte acu suí isteach i dteach an mhinistir chun cúrsaí a phlé.

'Ní féidir linn tuirlingt ar leac dorais ár ngaolta i gCeanada tar éis dúinn an bhainis a chur ar ceal,' arsa Valaire.

'Ach bhí siad ag súil linn ar aon chuma. Ní raibh an deis acu siúd teacht anseo. Ba chóir dúinn dul ann ar aon nós.'

'A Adrian, tá tú ag cur isteach ar Éilis leis an gcaint sin!'

Bhí Éilis ina suí sa chúinne agus í ag snagaireacht i gcónaí. 'B'fhéidir go bhfuil an ceart aige,' ar sí as an nua. 'Cinnte, níor thit rudaí amach mar a shíleamar ach is cairde fós muid – mé féin agus Risteard – agus tá sibhse cairdiúil i gcónaí lena mhuintir.'

'B'fhearr dúinn ar fad dul ar an saoire,' arsa Adrian, 'ná fanacht anseo i dteannta na gcomharsan agus muid uile ag ligean orainn go bhfuil gach rud ceart go leor. Tá pleananna againn ar Oileán Vancouver. B'fhearr liomsa a bheith ansin ná anseo.'

Shuigh Valaire siar ar an tolg svaeid agus í ag iarraidh ciall a bhaint as an méid a bhí tar éis tarlú. Chuimil sí na súile. Bhí sí iontach tuirseach. Bhí brú uafásach ag baint le hullmhú na bainise. Ach bhí an brú deich n-uaire níos measa ó cuireadh an bhainis ar ceal.

I ndáiríre, sos a bhí uaithi-se chomh maith agus bhí gach rud curtha in áirithe do shaoire i gceann de na cathracha ab áille ar domhan. Ghéill sí d'Adrian.

'Beidh sé go deas bualadh lenár gcol ceathracha.'

Den chéad uair le fada, tháinig aoibh ar aghaidh Éilis. 'Tá Risteard ag tnúth go mór le dul ag iascaireacht in iarthar Cheanada agus an t-iasc ann a bhlaiseadh.'

'An bhfuilimid fós chun an cáca bainise a bhreith linn?' a d'fhiafraigh Adrian.

***

Tuairim is dhá uair an chloig tiomána ó aerfort Victoria a bhí Port Renfrew. Mheall an ceantar seo turasóirí ó gach cearn den domhan. Cuid álainn d'iarthar Cheanada ab ea é.

Fuair muintir Éilis agus muintir Risteaird tithe in aice a chéile ar cíos. Bhí siad curtha in áirithe sular tharla an t-athrú sa phlean maidir leis an bpósadh agus ní raibh aon leigheas acu air sin anois mura raibh siad ag iarraidh cur lena gcuid costais. Cúig nóiméad de shiúl na gcos ó theach uncail Éilis a bhí siad.

In ainneoin an mhéid a tharla, bhí atmaisféar suaimhneach idir na teaghlaigh. Bhí neart le déanamh acu – beárbaiciú le hullmhú acu beagnach gach uile lá. Chuaigh siad amach ag iascaireacht agus bhí gach cineál uirlisí cócaireachta ar fáil acu chun iasc agus portáin a ullmhú.

Iad siúd nach raibh tugtha don iascaireacht, chuaigh siad amach ag faire ar mhíolta móra nó ar stoirmeacha nó ag spaisteoireacht ar an trá. Bhí beagnach gach rud foirfe. Beagnach gach rud.

An tráthnóna roimh an turas abhaile, chuaigh Éilis chun na trá agus shuigh ar charraig mhór. Bhí sí sona, chomh sona agus a d'fhéadfadh sí a bheith in ainneoin ar tharla sular tháinig siad. Bhí an áit ciúin seachas corrscréach an iolair mhaoil. Bhí Risteard i ngar di agus labhair sé: 'Dúirt do chol ceathrar Súsanna go bhfuil bua agam.'

'Agus cén bua sin?' arsa Éilis go réidh. 'An bhfuil aon bhaint aige le héisc mhóra?'

Rinne Risteard gáire léi. D'amharc sé ar an gcuisle uisce os a chomhair. Bhí scáil na spéire órga le feiceáil ann. 'Athraíonn sruthanna an Aigéin Chiúin in aghaidh an lae. Nuair a aithnítear rithim agus timthriall na farraige seo, is ea is deise don iascaire é. Uaireanta is fearr dul ar turas báid uirthi. Amanna eile, is fearr dul ag iascaireacht.' Dhírigh sé a aghaidh uirthi anois. 'Dúirt Súsanna gurb é an bua atá agam ná go bhfuil a fhios agamsa cathain agus cá háit ba chóir dul ag iascaireacht. Is rud luachmhar é sin don iascaire.'

'Tá an bua agat mar sin,' arsa Éilis go simplí.

Gan choinne, rug Risteard ar a lámh. 'Is mian liom fanacht i gCeanada.

Is baile iontach é Port Renfrew. D'fhéadfaimis tosú anseo as an nua. D'fhéadfaimis ár saibhreas a dhéanamh anseo. Breathnaigh na líonta breátha éisc atá ar fáil anseo. Áit oiriúnach is ea é d'iascaire mar mise. Agus ba mhaith liom go bhfanfása liom.'

Tharraing Éilis a lámh ar ais chuici féin. Bhraith sí an samhnas ag fás inti in íochtar a boilg. Shíl sí gur thuig Risteard nach raibh sí ag iarraidh pósadh ach go bhféadfaidís fós bheith ina gcairde. Is amhlaidh nár thuig. Botún seafóideach ab ea é teacht anseo. Agus lig a máthair di an botún sin a dhéanamh.

Labhair sí go cúramach leis. 'A Risteaird, is breá liomsa an áit seo freisin. Táim tar éis an-am a chaitheamh anseo. Ach amárach, beidh mé ag dul abhaile.'

D'éirigh sí chun filleadh ar an teach. Bheadh sé cruálach a thuilleadh ama a chaitheamh leis. Chuala sí Risteard ag glaoch ina diaidh. 'Tuigim,' ar sé. 'Tá breis ama uait. Sáróimid na deacrachtaí le chéile.'

***

Bhreathnaigh Éilis amach fuinneog na traenach. Bhí scamaill liatha ag snámh lastuas. Níor tháinig malairt aigne uirthi faoin gcinneadh. Tháinig sí abhaile go Brixham agus d'fhan sí ann.

D'fhan Risteard in Port Renfrew. Tar éis trí bliana, phós sé Súsanna, col ceathrar Éilis. Bhí an-dealramh ag Súsanna agus Éilis lena chéile – an bheirt acu ard, tanaí, súile saifíre acu agus gruaig fhada dhorcha orthu. Bhí Éilis buíoch nach raibh aon searbhas riamh idir an bheirt chol ceathracha.

Agus í ag stánadh amach an fhuinneog anois, bhí sí ag déanamh machnaimh ar cén chuma a bheadh ar Súsanna agus a clann inniu. Bhí comhrá gairid aici an mhaidin roimhe sin ar an bhfón ach is fada ó bhí comhrá ceart aici leis an gclann ar an gceamara gréasáin.

Bhí Éilis ag taisteal chun an aerfoirt anois chun bualadh leo. Bheadh tuismitheoirí Risteaird ann le fáilte a chur rompu chomh maith. Chaithfeadh go mbeadh a mbeirt gharmhac traochta i ndiaidh an aistir fhada trastíre agus trasna an Aigéin Atlantaigh ina dhiaidh sin.

Bhí sé ag éirí ceobhránach amuigh. Aisteach an t-athrú tobann, tar éis an mhaidin a bheith deas geal ar an gcé. Ach b'in a tharla an t-am seo den bhliain. Bhíodh Risteard iontach ag déanamh réamhaisnéise ar aimsir Brixham. Cé gur iomaí geimhreadh suaimhneach a chaith sé ar Oileáin Vancouver, scéal eile ar fad a bhí ann i gCeanada.

***

Bhí lá fada caite ag Súsanna brúite i suíochán beag ar thuras trí eitilt éagsúla le beirt pháistí óga, ach rinne sí iarracht slacht a chur uirthi féin nuair a bhain siad uile amach an halla fáiltithe.

Chonaic Éilis láithreach iad. Cé go raibh siad traochta amach is amach, bhí cuma shláintiúil orthu mar sin féin. Ba léir gur bhain siad tairbhe as an aer úr folláin, dealramh na gréine, bia maith agus ar ndóigh, dea-ioncam ghnó iascaireachta Risteaird. Nuair a tháinig siad i ngiorracht di, thug Éilis faoi deara an teannas i súile a col ceathrair.

Bheannaigh siad go léir dá chéile, rug barróga agus shil deora. Sa charrchlós, d'éirigh leo an bagáiste a chur isteach i gcarr eastáit thuismitheoirí Risteaird. D'aimsigh gach duine áit dó féin agus ansin thit ciúnas orthu.

De ghnáth, bhíodh gach duine ag stealladh cainte faoi na scannáin a chonaic siad ar an eitleán, cén saghas duine a bhí in aice leo agus bheadh an-chuid nuachta ag gach duine dá chéile mórthimpeall na tine i dteach thuismitheoirí Risteaird. Bhí sé difriúil an uair seo.

Déanach sa tráthnóna, theann gach duine isteach le chéile agus d'éist le Súsanna. Cosúil le hÉilis, bhí dóigh shocair léi, fiú agus an domhan ina chíor thuathail mórthimpeall uirthi. Níorbh ionann sin agus go raibh cúrsaí níos éasca di ach seans go ndeachaigh an meon réidh a bhí aici i bhfeidhm ar na páistí.

'Ní raibh aon duine ag súil leis an titim sneachta. Bhí an teocht faoi bhun an reophointe. Iarmhairt an téimh dhomhanda is dócha,' a gháir Súsanna go neirbhíseach. Chuir sí braon fíona lena beola.

'Ní raibh Risteard ach dhá uair an chloig uainn nuair a bhí air stopadh sa sneachta. Bhí crann tar éis titim ar an mbóthar roimhe. Ní raibh an fón póca ag obair. D'fhan sé roinnt uaireanta sa ghluaisteán, ag súil, is dócha, go dtiocfadh duine éigin i gcabhair air, nó go dtiocfadh feabhas ar an aimsir.'

'Ach ina ionad sin, d'éirigh sé níos measa. Tháinig síobadh sneachta. Bhí an gluaisteán sáinnithe faoi bhrat sneachta agus oighir. Ba chosúil go ndearna sé iarracht éalú ... bhí sé dorcha amuigh ... ní raibh a fhios aige cé chomh dona is a d'fhéadfadh stoirm shneachta a bheith i gCeanada.'

Dhún Súsanna a súile go teann. Rinne sí gach iarracht srian a chuir uirthi féin ach fós tháinig na deora.

Ghuigh sí chun Dé go dtiocfadh na seirbhísí tarrthála air in am. Ach ní raibh siad in ann freastal ar na glaonna práinne go léir a tháinig an oíche thubaisteach sin. Nuair a tháinig siad ar Risteard, bhí siad ródhéanach.

Níl namhaid sa saol a chuireann eagla orm
Ní dhéanann olc ná brón aon bhuairt dom
Fiú tríd an mbás, an sean-namhaid 'tá romhainn
Leanfaidh mé thú mo Dhia, má bhíonn tusa liom.

A Thiarna Dia, bíodh radharc na croise romham
Díbir an oíche' 's bí mar sholas dom
Fan le mo thaobh go breacadh geal an lae
In éineacht liom de shíor, a Íosa, Mac Dé.

Mise Mungó

'Tinneas atá air,' arsa an comhairleoir a bhí ag meas chás Mhungó. 'Tinneas díreach ar nós an alcólachais nó an chearrbhachais. Leanann sé air ag déanamh coireanna gan aon mhachnamh a dhéanamh ar an toradh a bheidh orthu. Bíonn a intinn gafa ag smaointe áirithe agus tagann cathú air na smaointe sin a chur i bhfeidhm. Is andúileach é.'

Tháinig monabhar ón seomra. Bhí na saineolaithe eile ar fad a bhí bailithe mórthimpeall an bhoird ar aon intinn leis an gcomhairleoir maidir leis an diagnóis seo. Bhí na comharthaí ríshoiléir agus bhí fianaise ann fiú go mbíodh iompraíocht chúlúcháin le sonrú air nuair a chúbadh sé chuige féin.

'Caithfimid aitheantas a thabhairt don tinneas agus cúnamh a thabhairt don bhuachaill chun go dtiocfaidh biseach air,' arsa an comhairleoir. 'Mar sin, tá clár faoi leith ullmhaithe againn dó.'

Thug sí an nod don mhaor a chuaigh amach chun Mungó a fháil. Tar éis nóiméid, osclaíodh an doras agus isteach le Mungó. Buachaill aclaí, tanaí, tapa ab ea é. Gluaiseacht ar nós moncaí aige. Mungó Moncaí an leasainm a bhí air.

Bhí Mungó ag goid ar feadh a shaoil. Sula raibh sé ceithre bliana d'aois, chuaigh sé isteach i siopa bróg, bhain péire bróg bog den tseilf agus amach

35

leis go dtí a dheartháir mór a bhí ag feitheamh leis sa charrchlós. Cé a thabharfadh faoi deara buachaill beag trí nó ceithre bliana d'aois ag goid bróga boga dá dheartháir, málaí láimhe dá mháthair agus milseáin dó féin?

Sheas an comhairleoir chun breithiúnas a thabhairt ar Mhungó. 'Tá áit aimsithe againn duit ar an gclár athshlánúcháin.'

Lig Mungó osna faoisimh. Ní bheadh sé ag dul sa phríosún. Mí-ádh mór gur rugadh maol air an babhta seo. Ní raibh sé ach naoi mbliana déag agus níor theastaigh uaidh go gcuirfí faoi ghlas é. Níorbh air siúd a bhí an milleán fiú.

'In ionad thú a dhaoradh chun príosúin,' arsa an comhairleoir, 'tá tú chun an téarma a chaitheamh ag obair ar shuíomh tógála. Scáileastát nár cuireadh i gcrích riamh. Beidh sé go deas nuair a athbheofar é. Beidh liúntas teoranta ar fáil duit gach seachtain agus dídean fad is atá tú lonnaithe ann.'

Thug an cinneadh sin dóchas do Mhungó. Bhí sé seo níos éasca fós ná mar a shíl sé a bheadh ach bhí tuilleadh ag teacht ón gcomhairleoir.

'Cuimhnigh gur gá duit caidreamh a dhéanamh le do chomhluadar. Labhair leo faoi conas mar a mhothaíonn tú, is cuma an lag nó láidir iad na mothúcháin sin agat. Sa chaoi sin, beidh tú in ann an neart a aimsiú ionat féin chun na fadhbanna atá agat a shárú. Tá dóchas ann duit, táimid cinnte de sin. Beidh seisiún insealbhaithe agat amárach leis an maor láithreáin.'

Scaoileadh Mungó saor. Lasmuigh den seomra, lig sé dó féin straois mhór áthais a chur ar a aghaidh.

***

Dhreap Mungó an staighre miotail a ghabh suas go sealla Hugo, an maor láithreáin. Bhuail sé cnag faoi dhó ar an bpána plaisteach buí ach níor tháinig aon fhreagra ón taobh istigh. Bhí an doras ar leathoscailt agus bhrúigh sé isteach é.

Bhí fear mór údarásach ina shuí ag an deasc ann, é gafa le glaoch comhdhála, agus rolla bricfeasta á shá ina bhéal aige ag an am céanna. Ba é seo Hugo. D'ardaigh sé a shúile agus rinne geáitsí lena lámha ag iarraidh ar Mhungó teacht isteach, agus lean sé leis ag caint ar an bhfón.

Fad is a bhí Mungó ag feitheamh air, chaith sé súil mórthimpeall na hoifige. Bhí páipéir caite ar fud na háite – nuachtáin, sonraisc, foirmeacha ordaithe agus admhálacha. Ba léir nach raibh Hugo tar éis dul i dtaithí go fóill ar thimpeallacht a bhí saor ó pháipéar.

Ar an mballa bhí léarscáil mhór den suíomh. In aice leis sin, bhí grianghraf. Triúr buachaillí fásta a bhí ann. Clann Hugo, a thuig Mungó. Bhí siad ina seasamh ar shuíomh tógála, éan fiáin ina lámh ag gach duine acu. Iolar, seabhac nó fabhcún, níorbh eol do Mhungó. Bhí an-dealramh acu go léir le chéile. Bhí máthair na mbuachaillí, bean chéile Hugo sa phictiúr leo, straois bheag cham ar a haghaidh réidh leathan. Bhí sí chomh ramhar le Hugo, cuma fir uirthi go fiú. D'aithin Mungó gur ulchabhán a bhí ar an ngualainn aici siúd.

Chroch Hugo an guthán agus d'amharc go feifeach ar Mhungó. Shiúil an t-óganach anonn chuige agus thug dó na cáipéisí a bhí tugtha ag an gcomhairleoir dó. Ghlac Hugo leis na páipéir. Léigh sé an chéad leathanach agus phléasc amach ag gáire.

'A Frieda!' a bhéic sé tríd an racht casachtaí a tháinig air. Tháinig bean thoirtiúil amach as an gcistin bheag a bhí ceangailte leis an oifig. D'aithin Mungó ó na grianghraif in aice leo gurbh í seo bean chéile Hugo, bean na n-éan. Shín sí gloine uisce chuig an bhfear. Sheas Mungó go ciotach ar leataobh ag faire orthu beirt.

Shlog Hugo siar an deoch agus labhair arís nuair a bhí sé ar a shuaimhneas. 'Tá an leaid seo ag dul ag obair dúinn.'

Thug Frieda spléachadh amháin ar Mhungó agus tháinig baothracht gháire uirthi siúd chomh maith.

'B'fhéidir,' ar sí, 'go gcuirfidh mé ag ní na ngréithe é!' Béicíl ghlórmhar a bhí aici mar gháire. Chroith a corp agus an t-urlár adhmaid fúithi.

D'fhan Mungó san áit ina raibh sé, agus é ag feitheamh le freagra uathu. Níor thuig sé cén chúis ghrinn a bhí acu.

'Gabhaim pardún,' arsa Hugo, agus é ag gáire go fóill. 'Mheas mé gur buachaill seachadta thú nuair a tháinig tú isteach. Ní rabhamar ag súil le duine chomh beag tanaí leatsa ar an suíomh anseo. Is dócha go bhfuil tú lúfar ar do chosa?'

'Tá,' arsa Mungó.

'Agus níl aon fhaitíos ort roimh innealra ná roimh dhul in airde ar an scafall?'

'Níl.'

Scrúdaigh Hugo an chuid eile den cháipéis. Nuair a chas sé an leathanach, tháinig athrú tobann ar a ghnúis.

'Ar an gclár príosúnach atá tú?' ar sé go borb.

'Is ea.'

Dhírigh sé a shúile ar nós druilirí ar Mhungó. 'Is duine cóir mé agus táim an-dáiríre faoin meitheal atá faoi mo chúram anseo. Bíodh tusa anseo gach maidin ar a seacht agus ná fág roimh a sé. Tá lón ag meán lae sa cheaintín agus is féidir leat an uair an chloig sin a chaitheamh mar is toil leat féin, fad is a bhíonn tú ar ais roimh a haon. Ceadófar dhá shos fiche nóiméad duit. Inseoidh do bhainisteoir duit cathain a bheidh cead agat an briseadh sin a ghlacadh. Íocfar thú gach Aoine. Tá réiteach tuarastail ar leith againne leis an gclár príosúnach, mar is eol duit.'

Sméid Mungó a chloigeann. Níorbh fhiú mórán an íocaíocht bheag a bheadh le fáil aige as an sclábhaíocht seo a bheadh ar bun aige go ceann dhá bhliain eile. Ach choimeád sé a chlab dúnta.

Ní raibh Hugo réidh leis go fóill áfach. Sheas sé, bhrúigh siar an chathaoir agus dhruid i ngar do Mhungó, a chorp téagartha ag bagairt air. 'Is mise máistir na háite seo agus bíodh meas agat air sin. Má bhriseann tú na rialacha oiread is uair amháin, beidh mé i dteagmháil le d'oifigeach láithreach. Má ghoideann tú oiread is cnó amháin uaim, beidh tú ar ais laistiar de bharraí an phríosúin sin i bhfaiteadh na súl.'

Sméid Mungó a chloigeann an athuair le tabhairt le fios do Hugo gur thuig sé an méid a bhí á rá aige. Bhraith sé súile Frieda ag stánadh air ó dhoras na cistine tríd an gcaint go léir.

Sheas Hugo siar uaidh agus labhair go héadrom arís. Shín sé lámh i dtreo a mhná céile. 'Anois, cuirfidh Frieda do bhainisteoir in aithne duit.'

Chas Mungó chuig Frieda. Rinne sí aoibh aisteach leis faoi mar a bhí uirthi sa ghrianghraf ar an mballa. Gan focal eile ó dhuine ar bith, amach leo síos an staighre miotail chun bualadh le bainisteoir nua agus comhghleacaithe Mhungó. D'fhill Hugo ar a bhricfeasta.

Maidin ghairid a bhí ag Mungó an mhaidin sin ós rud é nár tháinig sé ar an suíomh go dtí a naoi a chlog. Dhá uair sa bhreis a bheadh aige as sin amach nuair a thosódh sé ar a seacht.

Bhí sé stiúgtha leis an ocras faoin am ar bhuail an clog ag meán lae. D'fhág sé an tsluasaid ar leataobh agus dheifrigh i dtreo an cheaintín.

'Fan ort, a Mhungó,' arsa an bainisteoir. 'Bíonn seal chun tosaigh ag gach foireann. Muidne a bhí chun tosaigh an tseachtain seo caite, rud a chiallaíonn go mbeimid chun deiridh inniu.'

Ag fiche chun a haon, bhí pláta prátaí, cabáiste agus bagúin báite in anlann bhán leagtha amach ar thráidire os a chomhair ag Mungó. Ní raibh mórán ama fágtha aige leis an mbéile a ithe, ach ní raibh mórán ama uaidh mar bhí airc ocrais air. D'alp sé siar an bia go tapa.

'Tóg go bog é,' arsa an fear a bhí ina shuí in aice leis. Chuir sé é féin in aithne. 'Is mise Bearnaí.'

'Is mise Mungó,' arsa Mungó, agus a bhéal lán. 'Is coirpeach mé.'

Rinne Bearnaí gáire. 'Cén fáth a ndeir tú sin?'

'Bainim leis an gclár.'

'An clár príosúnach?'

Sméid Mungó a chloigeann. 'Caithfidh mé a admháil nach raibh smacht agam ar mo dhrochnósanna. Deir siad liom go bhfuil an neart ionam chun iad a shárú. Táim tar éis machnamh ar a bhfuil déanta agam agus is mian liom mo shaol a fheabhsú.' Thug Bearnaí sracfhéachaint aisteach air agus Mungó i mbun na 'línte' seo a aithris.

'B'fhearr gan an t-eolas sin a fhógairt do chách,' a mhol sé. 'Tá daoine eile anseo tar éis a bheith sa phríosún cheana nó atá ar an gclár anois ach ní fios duitse ná domsa cé hiad.'

Leis sin, bhuail an clog agus bhí orthu filleadh ar an obair.

***

Bhí oifigeach ceaptha do Mhungó agus bhuail sé go rialta leis. Chinntigh sé gur labhair Mungó faoi na fadhbanna a bhí aige agus an fáth ar bhris sé isteach i mbrainse de Bhanc na hÉireann. Ba chuid den phróiseas leighis é labhairt faoina laigí.

Ba é Bearnaí an duine ba mhó ar labhair Mungó leis. Chuir seisean ceisteanna air ó am go chéile faoi na coireanna a bhí déanta aige agus na cúiseanna a bhain leo. D'fháiltigh Mungó roimh aon cheist a cuireadh air. Ní hé amháin go raibh an dualgas air labhairt faoi ach thaitin sé leis a bheith ag maíomh faoina éachtaí.

'Plean iontach simplí a bhí ann,' arsa Mungó. Bhí sé ag tagairt don lá a rugadh air. 'Dhún an banc an tráthnóna sin mar ba ghnách ach d'fhan mise i bhfolach i leithreas na bhfear gan fhios d'aon duine. Sheas mé ar bharr an bhabhla leithris agus an doras dúnta. Shíl na glantóirí go raibh an doras greamaithe. Is dócha go ndearna siad nóta de agus é ar intinn acu an fhadhb a réiteach lá eile.'

***

Bhí dhá dhoras ón bpasáiste ag dul isteach chuig na leithris chéanna. Cuireadh an doras inmheánach faoi ghlas ach bhí bearna idir bun an dorais sin agus an t-urlár. Gan dua, d'éirigh le Mungó dul faoi agus d'oscail an doras eile amach go dtí an pasáiste.

Shleamhnaigh sé tríd an bhfoirgneamh ag seachaint gathanna dearga na soilse leictreonacha a chuirfeadh an t-aláram ag bualadh. Bhí sé chomh caol solúbtha sin gur éirigh leis éalú tríd an mbaracáid a bhí idir an chúloifig agus áit suí lucht an bhainc, áit a ndéanaidís gnó leis na custaiméirí.

Bhí Mungó saor san áit sin chun a rogha rud a dhéanamh. Las sé monatóir ríomhaire sa chúloifig. Ní raibh aon ghá le pasfhocal. Bhí úinéir an stáisiúin oibre seo tar éis an scáileán a mhúchadh ach an ríomhaire a fhágáil ar siúl. Shíl sé, faoi mar a shíl an chuid is mó de dhaoine, go raibh an áit chomh slán nach raibh gá le pasfhocail bhreise don ríomhphost ach oiread.

Thug Mungó sracfhéachaint ar na ríomhphoist go dtí gur tháinig sé ar an gcomhfhreagras ba dheireanaí ag tagairt do chód an chúldorais, áit a dtéadh an fhoireann isteach agus amach. Nuair a bhí an cód aige, d'oscail Mungó cúldoras an bhainc agus lig isteach beirt chomrádaithe leis.

Sa bhrainse áirithe seo den bhanc, d'osclaítí an seomra daingean ar a deich a chlog gach maidin agus a cúig a chlog tráthnóna. Scaoileadh an doras ar feadh deich soicind agus níorbh fholáir don bhainisteoir a chód pearsanta a chur isteach láithreach nó dhúnfadh an laiste é féin arís. Dá mba rud é go raibh an doras fágtha leathoscailte, thosódh an t-aláram ag bualadh agus thiocfadh na Gardaí.

Ba é an rud nár thug lucht an bhainc faoi deara faoin gcóras a bhí acu ná gur clog dhá uair déag a bhí ann. Gan fhios dóibh, toisc nach raibh gá leis an eolas sin riamh, scaoileadh an laiste ar a deich a chlog istoíche agus arís ar a cúig a chlog ar maidin. Bhí a fhios seo ag foireann Mhungó. Thug sé seo deis dó féin agus dá chairde dul isteach ar a deich san oíche, an doras a dhúnadh ina ndiaidh, na málaí creiche a líonadh agus fanacht go dtí a cúig chun go n-éalóidís arís. Bhí an tseift chomh simplí sin.

Bhí fear eile acu lasmuigh ag faire amach an t-am ar fad. Ba é an plean tacaíochta a bhí aige siúd ná dá dtabharfadh duine ar bith faoi deara go raibh cúlgheata an bhainc ar oscailt, bhí seisean le ligean air go raibh sé ólta agus gurbh é féin a d'oscail é. Dá mba rud é go ndearna sé mar sin an mhaidin áirithe sin, bheadh a shuim caillte ag fear an bhainne ann. Ach ar an drochuair, thit a chodladh air.

Nuair a tháinig fear an bhainne, chuaigh sé go cúl an tí. Bhí sé de nós aige an bainne a fhágáil ansin toisc go raibh sé buartha go ngoidfí é chun tosaigh. Thug sé faoi deara an geata oscailte ar chúl agus chuir sé fios ar na húdaráis. Tháinig siad ar an triúr robálaithe ag teacht amach as an mbanc díreach tar éis a cúig a chlog ar maidin. Gabhadh Mungó mar aon leis an mbeirt eile. D'imigh an codlatóir féin slán.

***

'An ndéanfá an iarracht arís dá mbeadh an deis agat?' arsa Bearnaí agus é tar éis scéal Mhungó a chloisteáil ó thús go deireadh.

'Dá mbeinn in ann, thabharfainn faoin rud ar fad arís ach go mbeadh gach rud i gceart,' arsa Mungó go smaointeach. 'Tá an ceacht foghlamtha agam mar gheall ar an méid a tharla.'

'Cén ceacht é sin?'

'Nach féidir brath ar dhaoine eile!'

Bhí siad ina dtost ar feadh nóiméid agus ansin dúirt Bearnaí: 'Is dócha nach bhfuil mórán á fháil agat sa liúntas sin atá ag dul leis an scéim phríosúin?'

'Níl,' arsa Mungó. 'Ach tá lóistín ag dul leis. Agus ar ndóigh, ní bheidh mé ag dul in áit ar bith go ceann tamaill fhada. Fanfaidh mé anseo chun leanúint leis an obair go dtí go mbeidh an tréimhse thart.'

'An bhfuil tú ábalta léim mhór a dhéanamh?' arsa Bearnaí.

Bhí alltacht ar Mhungó go gcuirfí a leithéid de cheist air. Nach raibh cáil na haclaíochta air?

'Cad mar gheall ar léim pharaisiúit?'

Rinne Mungó a mhachnamh air seo. 'Ní dhearna mé cheana é, ach measaim go mbeinn in ann dó.'

Lean Bearnaí leis de chogar. 'Tá post beag á thairiscint don té a bheadh in ann dó. Teach feirme atá i gceist, gan aon trealamh leictreonach ná sofaisticiúil le seachaint. Níl aon bhaol aláraim ann agus ní bheifeá ag brath ar aon duine ar an taobh eile.'

'Ní bheinnse ag brath ar aon duine?'

Níor tharla focal eile eatarthu ina thaobh. Bhuail an clog agus bhí sé in am do chách filleadh ar an obair.

Trí lá as a chéile, bhuail Mungó agus Bearnaí lena chéile ach níor labhair siad mar gheall ar an bpost. Faoin tríú lá, bhí Mungó ar cipíní. Bhí tuilleadh eolais ag teastáil uaidh.

Las súile Bearnaí le háthas. Bhí dúil chinnte sa mhoncaí go fóill. 'Baileoidh an píolóta ar rúidbhealach beag príobháideach in iardheisceart na cathrach thú ag meán oíche. Tabharfaidh sé chuig an suíomh thú, áit a ndéanfaidh tú an léim. Ní bheidh ort ach mála a fhágáil i scioból agus siúl abhaile. Beidh tú sa bhaile roimh a trí ar maidin. Is é sin le rá más mian leat glacadh leis an tairiscint. Fút féin atá sé.'

Bhí Mungó ag éisteacht go géar le gach focal. Ba bheag an baol a bhain leis. Cén dochar a bheadh ann i ndáiríre? Píosa spóirt a bhí ann thar aon rud eile.

'Bheinn sásta tabhairt faoi ach nach bhfuilim chomh haclaí leatsa,' arsa Bearnaí agus é ag cuimilt a bhoilg mhóir.

'Cathain a bheinn in ann imeacht?' a d'fhiafraigh Mungó de.

'Anocht.'

***

Bhí na saineolaithe bailithe le chéile mórthimpeall an bhoird. Labhair an comhairleoir. An duine céanna a bhí ag déileáil le Mungó an uair cheana.

'Mungó Moncaí, mar atá aithne ag daoine anois air, an coirpeach, faoi chaibidil againn arís,' ar sí. 'Tuigimid anois, faraor, nach bhfuil go leor eolais againn go fóill ar an tinneas atá air chun fios a bheith againn cén réiteach a bheadh air. Tá tuilleadh taighde de dhíth orainn.'

Tháinig monabhar ón gcomhluadar. 'Teiripe fhisiciúil,' arsa duine amháin os ard. 'Caithfear an drochmhianach a ruaigeadh óna chloigeann go fisiciúil. Is é sin an t-aon leigheas atá air.'

'Ach bhí ag éirí go maith leis,' arsa an comhairleoir agus í ag baint croitheadh as a cloigeann. 'Ní fheadar cad a tharla?'

***

An Aoine chéanna a roghnaíodh mar dháta do léim pharaisiúit Mhungó, tharla sé go raibh cruinniú speisialta ag an lucht seabhcóireachta. Lonnaigh siad iad féin go ciúin in aice na ndíog, spéaclaí oíche agus gach cineál trealamh úsáideach a bhí ag teastáil, réidh acu. Bhí siad ag faire amach d'ulchabhán faoi leith a bhíodh ag dul amach ag seilg istoíche. Le fada an lá, nó oíche mar a tharla sa chás seo, bhí siad ag ullmhú don ócáid sin agus ag tnúth go mór leis. Ní raibh siad ag súil le tuirlingt Mhungó ón spéir i lár na hoíche. Ná ní raibh Mungó ag súil leis an bhfáilte a cuireadh roimhe ag bean na n-éan.

Leigheas

Bean chúthail chiúin ab ea Méabh, dar le muintir an bhaile. Dar le hAindrias, féileacán álainn a bhí inti. Thaitin loinnir aoibhinn a súl leis. Thaitin an dath a thagadh ar a héadan agus na bricíní gréine a thagadh uirthi gach samhradh. Thaitin a mhiongháire leis. Faraor, ní raibh mórán aoibhe uirthi le déanaí. Níorbh é Aindrias amháin a thug é sin faoi deara.

Tráthnóna breá brothallach Domhnaigh a bhí ann agus cóisir gharraí an pharóiste ar siúl arís. Chas bean na dticéad crannchuir ar Aindrias.

'Nach bhfuil Méabh ar fónamh na laethanta seo?' ar sí. 'Tá cuma thar a bheith mílítheach uirthi.'

'Rósháite san obair atá sí!' ab ea freagra gealgháireach Aindréis. Sula raibh deis ag an mbean fhiosrach neart ceisteanna a chur, bhain sé nóta airgid as a phóca agus shín chuici é.

'Le haghaidh an chrannchuir,' ar sé.

Tháinig lasair i súile na mná agus ghlac sí go fonnmhar leis an airgead. 'Bí cinnte go bhfaigheann tú gloine líomanáide agus císte silíní! M'oideas féin atá ann, dála an scéil.'

Shleamhnaigh Aindrias uaithi agus chuaigh chun a bhean chéile a lorg. Bhí Méabh ag freastal ar stainnín na sólaistí. Chuir sé cogar ina cluas.

'Tá súil agam nár thóg tú aon chuid den chíste silíní go fóill!'

Bhain Méabh croitheadh as a cloigeann. 'Táim tuirseach. Teas an lae ag cur isteach orm, is dócha.'

D'amharc Aindrias le trua ar a bhean. Ní raibh sí tar éis a thabhairt faoi deara gur ag magadh a bhí sé. Ní raibh sí ag tabhairt mórán airde ar an stainnín ach oiread. Bhí an babhla roimpi folamh. Thóg Aindrias an crúiscín agus thosaigh á líonadh an athuair.

Duine cruthaitheach ab ea Méabh agus í cáiréiseach de ghnáth. Ailtire ab ea í san oifig bheag ar phríomhshráid an bhaile. Bhí teacht i láthair bhreá aici. Chuir sí daoine ar a gcompord. Bhí muinín acu aisti agus ar an gcaoi sin, bhí obair i gcónaí aici, más síneadh a chur le teach nó dearadh inmheánach a bhí ag teastáil.

Ní tionscadail ar thithe príobháideacha amháin a bhíodh ar siúl ag Méabh, ach tionscadail tráchtála chomh maith. Bhí an ceantar seo ag forbairt i gcónaí. Ar bhruach an bhaile, bhí eastát tithíochta á thógáil. Níorbh fhada go mbeadh géarghá le hollmhargadh agus breis áiseanna nua le dul leis.

Bhreathnaigh Aindrias mórthimpeall air. Bhí slua mór ag freastal ar an bhféile samhraidh i mbliana. D'fhair sé páistí beaga ag léim is ag spraoi, óganaigh ag ceannach leabhar nó seod, agus daoine fásta ina suí faoi scáth gréine, iad ag cabaireacht agus ag súimínteacht as gloiní líomanáide.

Bhí saothair de chuid Aindréis á dtaispeáint ar stainnín dá chuid féin. Bhí a chuid sonraí breactha ar chlár lámh leis dá mba shuim le cuairteoir ar bith dealbh a cheannach uaidh. D'fhillfeadh sé níos moille ar an stainnín, ach díreach anois, dhéanfadh sé cuideachta lena bhean.

'Téimis ar shiúlóid bheag agus ansin fillfimis ar an mbaile chun go ligfidh tú do scíth,' ar sé léi.

Rinne siad leithscéal leis an gcomhluadar. Chas an lánúin tríd an slua agus i dtreo na habhann. D'fhág siad an séipéilín agus an fhéile ina ndiaidh. Ghabh siad trasna an droichid bhig agus lean an cosán. Tháinig ealaí agus lachain ina gcóngar ach d'imigh uathu arís nuair a thuig siad nach raibh aon bhia ag an lánúin le tabhairt dóibh.

Cé go raibh an lá te, thuig Aindrias nárbh é sin ba chúis leis an tuirse a bhí ar a bhean. Bhí sí go trom faoi ghruaim. Bhí sí corrthónach. Ní nach ionadh nuair nár chodail sí istoíche. Ní raibh an goile folláin céanna aici na laethanta seo faoi mar a bhíodh.

Dá mba rud é go mbeadh sí in ann sos a thógáil ón obair nuair a thagadh sí abhaile, bheadh faoiseamh éigin aici. Ach bhíodh sí trína chéile gach tráthnóna tar éis lá iomlán anróiteach a chaitheamh sáite san oifig dhoicheallach sin.

Ní raibh ann san oifig féin ach Méabh agus Conchubhar. An bulaí. Bhí Méabh breá sásta inti féin sular tháinig seisean. Réitigh sí thar barr le Micheál, an t-innealtóir a bhí ann roimhe, ach nuair a bhuail taom croí é in aois a daichead a ceathair, d'éirigh sé as an bpost. Tháinig biseach air ach bheartaigh sé a bheith ina fhear tí lánaimseartha agus aire a thabhairt dá bheirt iníonacha óga. Ní raibh sé de rún aige filleadh ar an oifig go ceann i bhfad.

Ós mar sin a bhí an scéal, sheol príomhoifig an ghnólachta Conchubhar chuig brainse Mhéabh agus ó shin i leith, anró ar fad a bhí ina saol oibre. Chaitheadh Conchubhar an lá ar fad san oifig, agus bhíodh sé ann go déanach ag cur brú ar Mhéabh fanacht go déanach chomh maith.

Innealtóir sibhialta ab ea Conchubhar. Ní raibh sé i bhfad sa chomhlacht agus bhí sé ag iarraidh stádas a bhaint amach sa bhrainse beag bídeach seo. Bhí súil aige ardú céime a bhaint amach sa cheanncheathrú.

Bhí bealach borb leis ó thús agus cheistíodh sé Méabh faoi chomhpháirtithe agus oibrithe eile a bhí bainteach leis an ngnó. Ba chuma cad a deireadh sí, ní bhíodh sé sásta riamh. Chuireadh sé na ceisteanna céanna arís is arís eile uirthi, amhail is nár chreid sé an chéad uair í. Lena chois sin, gan fhios do Mhéabh, bhí sé ag dearg-ghoid a cuid oibre.

D'iarradh sé uirthi na pleananna a bhí curtha i gcrích aici a sheoladh chuige tríd an ríomhphost. Ba bheag a bhíodh le cur ag Conchubhar féin leis an obair, ach sheoladh sé an saothar iomlán ar aghaidh chuig an gceanncheathrú agus a ainm féin mar údar air.

Níor thuig Méabh gurbh amhlaidh a bhí an scéal go dtí an lá a raibh sí i mbun comhrá ar an nguthán le comhghleacaí. Rinne seisean tagairt don obair ar fad a bhí déanta ag Conchubhar. Chreid daoine gurbh eisean a rinne an obair go léir, cé gurbh í Méabh an t-ailtire!

Rinne Aindrias agus Méabh an scéal a chíoradh go mion. Thaitin an post féin le Méabh agus d'oibrigh sí go dian chun an cháilíocht mar ailtire a bhaint amach. Bhí teachín deas aimsithe acu, é seanfhaiseanta ach thaitin sé leo mar sin. Bhí comhluadar cairdiúil ar an mbaile seo. Níor theastaigh uathu ar chor ar bith aistriú amach ón áit.

Baint ar bith ní raibh ag an mbulaí leis an gceantar. Thug Aindrias faoi deara nach raibh iarracht dá laghad déanta aige aithne a chur ar chairde nua ann. Ach an mó duine a bheadh in ann an diabhal a fhulaingt?

Mhol Aindrias do Mhéabh cuideachta ailtirí dá cuid féin a bhunú agus an bulaí a fhágáil ina diaidh.

'Níl áit sa bhaile beag seo do dhá ghnó den chineál céanna,' a dúirt Méabh.

'Ach nach bhfuil na cliaint sásta le do chuid oibre? Beidh flúirse oibre ann duit amach anseo.'

'Ní mar sin atá sé. Téann daoine i dtaithí ar ghnólacht faoi leith agus filleann siad ar an áit chéanna, seachas ar an duine féin a rinne an obair. Agus nuair a thugaimid san áireamh nach bhfuil ioncam leanúnach á thuilleamh agatsa faoi láthair, tá dualgas ormsa an post buan a choimeád. Caithfear na billí a íoc.'

Níor aontaigh Aindrias léi. Bhí gach uile chúis acu dul sa seans ach go raibh a misneach caillte ag Méabh. Conas a rachadh sé i gcion uirthi?

***

Bhuail drochshlaghdán Aindrias tar éis an chóisir gharraí. B'aisteach an rud é agus an aimsir chomh breá sin. Chaith sé lá sa leaba, ag súil go dtiocfadh feabhas air, ach an lá ina dhiaidh sin is ar éigean a bhí a chumas cainte ann. Chuir Méabh fios ar an dochtúir agus tháinig sé chun an tí roimh dul go dtí an clinic an mhaidin sin dó.

'*Strep* ort sa scornach,' ar sé tar éis dó mionscrúdú a dhéanamh ar chéislín borrtha Aindréis. 'Teocht ard ort chomh maith. Beidh ort fanacht sa leaba go ceann cúpla lá. Gheobhaidh mé féin an t-antaibheathach duit agus tiocfaidh mé ar ais leis ag am lóin. Idir an dá linn, beidh orm instealladh a thabhairt duit.'

'Ar chóir domsa fanacht sa bhaile leis?' arsa Méabh go himníoch. An cheist a bhí á ciapadh ná an raibh a fear céile dona go leor chun go mbeadh uirthi freastal air. Níor chuir an cúram seo isteach ná amach uirthi, ach bheadh gearán ón mbulaí dá dtógfadh sí lá saoire ón obair gan rabhadh a thabhairt.

'Imigh leat go dtí an oifig,' arsa Aindrias sa ghuth faon a bhí fágtha aige. 'Is féidir liom teachtaireacht a sheoladh chugat más gá. Agus nach mbeidh an dochtúir ag bualadh isteach chugam ar ball leis an antaibheathach?'

D'aontaigh an dochtúir leis. 'Beidh Aindrias i gceart faoi cheann cúpla lá. Ní dhéanfaidh sé aon mhaitheas duitse a bheith thíos leis an tinneas céanna. Tá cuma thraochta ort cheana féin.'

'Ní fhaigheann sí mórán codlata,' arsa Aindrias de chogar. Bhí a fhios aige go maith nach faiteach faoin tinneas a bhí Méabh ach faoin íde béil a gheobhadh sí ón mbulaí.

'An fíor sin?' arsa an dochtúir, agus é ag díriú a aird anois ar an mbean.

Tháinig imní ar Mhéabh. D'aithin Aindrias féin é sin. B'eol dó gur shamhlaigh sí ina hintinn féin an bulaí ag bagairt uirthi agus a ghuth gránna ag béicíl ina cluas.

'Is minic a bhíonn sí in ísle brí,' arsa Aindrias, 'de bharr na hoibre de ghnáth.'

'Tuigim,' arsa an dochtúir go críonna. 'Béarfaidh mé liom oideas duitse chomh maith, a Mhéabh, nuair a fhillfidh mé ag am lóin. Agus pléifimid an scéal arís tar éis duit an cúrsa piollairí a ghlacadh.'

Ag am lóin, tháinig Méabh abhaile chun sracfhéachaint a thabhairt ar a fear céile. Bhí sé ina chodladh go suaimhneach. Chuir sí spúinse fuar lena chlár éadain tais. D'oscail sé na súile agus rinne meangadh lag léi.

'Tá deoch bhreá déanta agam duit,' arsa Méabh go bog leis. 'Mil, líomóid, oráiste agus clóibh. Tá sé te anois ach bí cinnte go n-ólann tú siar an rud ar fad agus cuirfidh tú an tinneas díot go tapa. Tá an ghrian ag taitneamh amuigh agus tá a fhios agam gurbh fhearr duit i bhfad a bheith amuigh ansin ná istigh anseo.'

D'fhéach sí ar a huaireadóir. 'Is mithid dom imeacht. Tá an bulaí chomh cantalach céanna inniu is a bhíonn i gcónaí. Bhí sé ar intinn agam éalú uaidh roimh a sé a chlog mar beidh cruinniú an chlub leabhar ar siúl. Ní fheadar! Luaigh mé leo go raibh seans ann go mbeinn mall má thagaim in aon chor!'

Shuigh Aindrias aniar beagáinín sa leaba. Bhí sé ag mothú níos fearr ná mar a bhí sé ar maidin. 'Tá an iomarca smachta ag an mbithiúnach sin ort cheana féin. Anois, imigh uaim – beidh an dochtúir anseo go gairid.'

'Beidh,' ar sí. 'Bainfidh mé an glas den doras agus mé ag dul amach.'

Thart ar a dó a chlog, díreach tar éis do Mhéabh an teach a fhágáil, thit scamall mór ar an ngrian agus dhorchaigh an spéir. Agus é ina luí sa leaba ina sheomra dorcha, báite ina chuid allais, é ag stánadh ar an tsíleáil, thuig Aindrias cad a chaithfeadh sé a dhéanamh faoin mbulaí. Bhí sé in am aige féin an scéal a chur ina cheart.

Bhris an dochtúir isteach ar a chuid smaointe ar theacht aníos an staighre agus isteach an doras leis. Bhí saothar anála air. 'Spéirling le teacht,' ar sé. Tháinig sé i ngar d'Aindrias. Thóg sé cúig cinn déag de shaicíní antaibheathach mar aon le teirmiméadar amach as a mhála. 'Agus an scornach agat chomh dona sin,' ar sé, 'leacht antaibheathach atá agam duit, seachas piollairí. Mairfidh an cúrsa cúig lá. Is féidir leat an chéad cheann a ghlacadh anois.

Réiteoidh mise an deoch duit sa chistin. Cuir an rud seo i do chluas agus beidh mé ar ais faoi cheann cúpla nóiméad?'

Teirmiméadar digiteach a shac sé isteach i lámh Andréis agus síos an staighre leis arís. Bhreathnaigh Aindrias ar an ngléas. Bhí an scáileán glan. Bhrúigh sé an cnaipe chun é a lasadh agus ansin chuir isteach ina chluas chlé é. Nuair a shíl sé go raibh sé i gceart aige, bhrúigh sé an cnaipe arís agus chuala sé an bhlíp.

Thóg sé amach é, an chluas á cuimilt aige lena lámh dheas agus léigh an teocht: 37.4°. Ní raibh sé ró-olc ach bhí a scornach nimhneach mar sin féin. Chlaon sé ar dheis agus shín amach a lámh chlé chun an deoch a bhí réitithe ag Méabh dó a thógáil. Shleamhnaigh an teirmiméadar óna lámh agus thit isteach sa ghloine. Bhain sé amach as láithreach é ach agus é á dhéanamh sin, bhrúigh sé an cnaipe an athuair lena ordóg. Tháinig blíp bheag eile as. Rinne sé iarracht an gléas a thriomú agus é ag súil nach raibh aon damáiste déanta. Is díreach ag an nóiméad sin a tháinig an dochtúir isteach leis an antaibheathach.

'Maith an fear!' arsa an dochtúir agus thóg uaidh an gléas sula raibh deis cainte ag Aindrias.

Leath na súile ar an dochtúir. '39.2°! Tá tú níos measa ná mar a shíl mé! Ná bog as an teach seo! Seans go mbeidh orm instealladh eile a thabhairt duit amárach. Agus mura dtagann feabhas ort ina dhiaidh sin, beidh ort dul go dtí an t-ospidéal! Anois glac an t-antaibheathach agus lig do scíth. Ní miste liom roinnt piollairí suain a thabhairt duit chomh maith agus tú chomh dona sin. Agus éist, tá oideas do chéile fágtha agam ar an mbord sa chistin.'

Ní raibh an doras ach dúnta ag an dochtúir nuair a chuala Aindrias plimp thoirní. Bhí an stoirm anuas orthu. D'aimsigh sé an fón ar an urlár in aice leis agus sheol sé teachtaireacht chuig a bhean: 'Scornach fós tinn ach leigheas á thógáil. Drochaimsir. B'fhearr duit dul díreach chun an chruinnithe ná teacht timpeall chugamsa.'

D'fhreagair sí é ar a leath i ndiaidh a sé: 'An cladhaire ag clamhsán gan staonadh. Ag éalú anois. Ar ais roimh a naoi. Grá, Méabh.'

D'éirigh Aindrias agus chuir air a chóta agus amach leis. Ní raibh duine ná deoraí sa tsráid. Bhain áilleacht leis an spéir dhúghorm agus corrladhar thintrí ag gabháil tríd.

Nuair a shroich sé an oifig, chonaic Aindrias an solas thuas staighre ar lasadh ann go fóill. Thug sé sin le tuiscint dó go raibh an bulaí istigh ag obair, agus an saol is a mháthair sa bhaile ina dtithe compordacha féin.

Bhí doras na sráide faoi ghlas ach d'fhéad Aindrias buille maith faoi thuairim a thabhairt maidir leis an gcód. Cearnóg nó cros a bhíodh ann i gcónaí, a dúirt Méabh. Bhain sé triail as 2-5-8 síos agus 4-5-6 trasna. Scaoileadh an doras.

Suas an staighre leis. Chonaic sé an bulaí ina staicín ag an deasc. Ar dtús, shíl sé go raibh an cladhaire ag léamh, ach ansin thug sé faoi deara nach raibh corraí ar bith as. Bhí sé ina chodladh. Níorbh aon leithscéal é sin. Bhí Aindrias tar éis teacht anseo anois agus bhí sé de rún aige cúrsaí a phlé leis.

'A Chonchubhair!' ar sé chomh láidir agus ab fhéidir leis. Bhí piachán ina ghuth go fóill.

Bhíog Conchubhar. D'oscail sé na súile agus stán sé díreach roimhe.

'Táim ag iarraidh labhairt leat,' arsa Aindrias.

Sheas Conchubhar agus rinne sé geáitsí, ar nós duine a bhí ag mímeadh rud éigin. Cad faoin spéir a bhí ar siúl aige?

Shiúil sé díreach thar Aindrias chuig an ngléas fótachóipeála gan dada a rá leis. Ní ag áibhéil a bhí Méabh. Bhí an fear seo as a mheabhair.

De splanc, thuig Aindrias go raibh sé ag suansiúl. Shíl an t-amadán gur ag éirí ón leaba a bhí sé. Thuig Aindrias nár chóir iarracht a dhéanamh é a mhúscailt. Bheartaigh sé ar fanacht cúpla nóiméad chun féachaint cad a dhéanfadh sé. B'fhéidir go rachadh sé abhaile. B'fhéidir go ndúiseodh an bháisteach amuigh é.

I ndiaidh a bheith ag póirseáil thart ar an ngléas fótachóipeála, thóg Conchubhar deoch ón deasc. Caife fuar a bhí ann. D'ól sé siar é. Ansin thosaigh sé ag siúl díreach ar aghaidh, i dtreo an staighre.

'Hé!' arsa Aindrias.

Bhí sé rómhall. Ní raibh aon rud a d'fhéadfadh sé a dhéanamh. Chuir Conchubhar a chos roimhe ag barr an staighre. Baineadh tuisle as agus thit sé i mullach a chinn go dtí an bun.

Síos le hAindrias ina dhiaidh. D'amharc sé ar an gcorpán gan chorraí sínte ag bun an staighre. Bhí amhras air an raibh beocht fós ann. Nó má bhí, cad a dhéanfadh sé? Cén míniú a thabharfadh sé ar ar tharla? Nó cé a chreidfeadh é? B'eol do dhaoine nach raibh cúrsaí go maith. Ar ghá aon mhíniú a thabhairt in aon chor? Ní raibh a fhios ag duine ná deoraí go raibh sé ann. Agus ní gá go mbeadh.

Nuair a d'fhill Aindrias ar an mbaile, chaith sé siar cúpla piollaire suain agus isteach leis sa leaba.

Nuair a d'oscail sé na súile arís, bhí solas na maidine ag lonrú isteach idir na cuirtíní. Bhí Méabh in aice leis agus í ag breathnú air. Bhí cuma gheal shuaimhneach ar a haghaidh.

'Tá na braillíní seo bréan,' ar sí gan choinne. 'Amach leat as an leaba go n-athróidh mé iad.'

'Tá tusa lán de bheocht ar maidin,' arsa Aindrias, agus é ag déanamh ar an bhfallaing seomra a bhí ar crochadh ar an doras. Tharraing Méabh na braillíní ón tocht agus thosaigh ag baint na gclúdach de na hadhairteanna.

'Ar maidin? Tá sé ag druidim ar mheán lae!'

Stad Aindrias ag an doras. Bhí íomhánna d'eachtraí na hoíche aréir ag scinneadh thar a shúile. Dhún sé a shúile agus rinne iarracht cuimhneamh ar cén lá den tseachtain ab ea é. 'Meán lae? Nár chóir duitse a bheith san oifig?'

'Ní bheidh mé ag filleadh ar an oifig sin go deo na ndeor!'

Dhírigh Aindrias ar a bhean. Bhí a droim leis anois agus í ag lorg clúdach glan sa tarraiceán.

'Cén fáth a ndeir tú sin?' ar sé.

'Bhris argóint uafásach amach eadrainn nuair a rinne mé iarracht ar imeacht chun an club leabhar. Bhí sé níos measa ná riamh agus d'inis mé dó go raibh mé críochnaithe leis an áit. Measaim go bhfuil sé i gcomhar leis an diabhal. Dáiríre píre. Ní fhéadfadh gnáthdhuine é féin a iompar ar an gcaoi sin.'

Rug Aindrias lámh ar a bhean agus chas timpeall chuige í. Bhí faoiseamh le feiceáil ina haghaidh, rud nach bhfaca sé le fada. Rinne sé aoibh léi agus d'fháisc chuige féin í. Sheas Méabh nóiméad leis, a cloigeann ar a ghualainn agus í ag machnamh. Bhí an post caillte aici ach ní raibh aithreachas uirthi mar gheall air sin.

'Tar éis cuairt an dochtúra inné,' a lean Méabh, 'thuig mé ar deireadh go raibh sé in am agam rud éigin a dhéanamh faoin gcruachás ina raibh mé. Ní dhéanfadh sé maitheas ar bith dom an chuid eile de mo shaol a chaitheamh ar phiollairí. Ní raibh mé ag iarraidh a bheith faoi chois ag an diabhal de bhulaí sin a thuilleadh. Is mian liom rudaí eile a dhéanamh sa saol. Tá sé ar intinn agam seirbhísí ailtireachta neamhspleácha a chur ar fáil. Táim cinnte go bhféadfainn obair a mhealladh sna ceantair máguaird.'

Bhris cloigín an doras isteach ar a cuid cainte. Chuir Méabh roic ina mallaí.

'Ní fheadar cé tá ansin?'

'An dochtúir, b'fhéidir,' arsa Aindrias. Rith sé leis nach raibh an t-antaibheathach á ghlacadh aige mar ba chóir. Síos le Méabh chun an doras a fhreagairt. D'fhan Aindrias siar cúpla nóiméad agus chuir air an fhallaing sheomra.

Nuair a chuaigh sé isteach sa chistin chuig a bhean chéile, chonaic sé gurbh é an dochtúir féin a bhí ann ach bhí garda ina theannta. Bhí Méabh ag gol. Bhánaigh Aindrias. Chuir sé lámh thart ar a bhean.

'Tá drochscéal againn duit,' arsa an garda le hAindrias. 'Fuarthas marbh Conchubhar Ó Ceallaigh in Oifig na nAiltirí. Tá amhras ann maidir leis an mbás.'

'Cén bhaint atá aige sin liomsa?' arsa Aindrias, pas beag róthapa. Bhí fonn air a chur in iúl do na cuairteoirí nárbh fhíor-dhrochscéal é sin.

'Níl baint ar bith aige leat,' a lean an garda. 'De réir thuairisc an dochtúra, bhí tú sínte le tinneas. Ach maidir le do bhean chéile, tuigtear dúinn nár réitigh sí go maith leis. Bhris argóint amach aréir. Ní dheachaigh sí ag obair ar maidin. Is chun Méabh a ghabháil atáim anseo.'

Cuairteoir

Bhí an t-ábhar tine á thabhairt isteach sa teachín ag Máiréad. Stad sí go tobann agus ba bheag nár thit an ciseán as a lámh, nuair a chonaic sí an strainséir istigh roimpi sa chistin.

'Bhí an doras ar oscailt,' ar sé. 'Bhuail mé cnag air ach ní bhfuair mé aon fhreagra.'

Bhain sé an oiread sin de gheit as Máiréad duine nár aithin sí a fheiceáil ansin ag caint léi gur theip uirthi freagra a thabhairt air seo láithreach.

Lean seisean air ag comhrá. 'Ar mhothaigh tú toirneach san aer? Tá stoirm ag teacht. Bhí faitíos orm go mbéarfaí amuigh orm. Ní mian liom ach fothain a iarraidh ort go dtí go mbeidh an stoirm thart, murar mhiste leat.'

Bhí Máiréad ag féachaint air i gcónaí. Bhí an fear níos airde ná í agus droim láidir air. Cé go raibh sé bearrtha, bhí easpa slachta air. Jíons dubha agus seaicéad bréidín in uachtar ar t-léine a bhí á gcaitheamh aige. Ina lámh, bhí caipín feirmeora. Bhí ceann díreach cosúil leis aici féin i gcófra éigin sa teachín.

'Beidh fothain agat go dtí go mbeidh an stoirm thart,' arsa Máiréad ar deireadh, piachán ina guth. 'Bhí mé amuigh ag bailiú ábhar tine díreach anois. Tá an connadh agam ar an taobh eile den tigh.'

Siúd anonn ansin léi chun an teallaigh. Níor bhog an strainséir agus í ag siúl thairis. Leag Máiréad síos an ciseán cois na tine agus chrom ar a cuid oibre. Sheas seisean ag faire uirthi i gcónaí.

Ar dtús, chuir an tseanbhean an gráta ar leataobh. Ansin thóg sí an scuab agus an tsluasaid bheag a bhí ar crochadh ar sheastán in aice an teallaigh agus thosaigh ag glanadh amach luaithreach na hoíche aréir. Chuir sí an salachar isteach i mbuicéad galbhánaithe lena hais.

Chas sí a cloigeann beagáinín chun sracfhéachaint a thabhairt ar an gcuairteoir. Bhí sé ag stánadh uirthi go fóill, an-tógtha lena raibh ar siúl aici.

Bhraith sí míchompordach. Sheas sí. Bhí an teallach glan anois ar aon nós. Thóg sí na cipíní ón gciseán agus chaith isteach ann iad. Ansin chuaigh chun roinnt nuachtán a fháil ón drisiúr.

Nuair a bhog sí an uair seo, bhog an cuairteoir chomh maith. Shiúil sé trasna an tseomra chun a bheith níos gaire di. Stad sé idir an dá chathaoir uilleach. Bhí cathaoir amháin acu níos caite ná an ceann eile, seál le Máiréad ar an uilleann. Taobh leis an suíochán céanna, bhí bord beag agus grianghraf i bhfráma air. Chonaic Máiréad gur phioc sé suas an pictiúr agus go raibh sé ag féachaint air go staidéarach.

'Cén gnó atá agat i gCeann Locha?' a d'fhiafraigh sí de go tobann agus í ag gabháil den pháipéar.

Chlis an strainséir as a bhrionglóideach. Leag sé uaidh an grianghraf.

'Inspioráid! Foinse inspioráide is ea an ceantar aoibhinn seo. Taitníonn suaimhneas na háite liom, dath síorghlas na sléibhte, gorm geal na spéire agus loinnir na gréine ar an bhfarraige thíos uainn.'

Bhreathnaigh Máiréad i dtreo an dorais, as a dtáinig sí isteach ón ngairdín.

'Tá stoirm ag teacht,' ar sí go leamh. 'Ní bheidh againn ach gleo, spéartha liatha agus farraige neamhthrócaireach.'

Chuir an strainséir grainc smaointeach air féin. Siúd anonn leis go dtí an doras agus bhreathnaigh amach. Bhí báisteach ag titim ón spéir ghruama dhorcha os a gcionn. Bheadh sé anseo go ceann tamaillín eile. Chuir sé lámh ar an murlán agus rinne ar an doras a dhúnadh.

Gheit croí Mháiréad.

'Bhí mé ar tí an buicéad luaithrigh a chur amach,' ar sí.

'Tá sé ag stealladh báistí anois,' arsa an strainséir. 'Ní féidir leat dul amach.' Dhún sé an doras.

Thosaigh Máiréad ag crith. Bhí an páipéar ina lámh aici ag crith. Thug sí droim leis an strainséir, chas ar an tine agus chaith isteach na páipéir anuas ar na cipíní sa teallach. Chuir sí lámh ina póca agus d'aimsigh sí an boiscín cipíní solais. Síos léi ar a glúine. Agus a lámh ar crith, bhí sí ag iarraidh cipín lasta a chur leis na páipéir. Ar deireadh thug sí lasair don tine.

Bhraith sí an strainséir ag siúl thart arís. Ag teacht i gcóngar na tine a bheadh sé ar ndóigh. Shín sí lámh amach chun teacht ar an bpiocaire ach nuair a d'fhéach sí in airde ní raibh sé ann. Chas sí timpeall. Bhí an fear os a cionn agus an uirlis ina lámha aige.

D'fhéadfadh Máiréad a croí féin a chloisteáil ag bualadh istigh. Bhí an fear ina sheasamh in aice léi ar nós deilbhe, agus an piocaire ina lámh aige. Las a aghaidh leis an splanc thintrí. Thosaigh Máiréad ag comhaireamh ina hintinn istigh. Dhá bhuile óna croí in aghaidh gach soicind. A haon-dó-trí, a dó-dó-trí, a trí-dó-trí. Mhothaigh siad an toirneach. Smeach láidir tobann. Bhí an stoirm anuas orthu.

Tharraing an fear a aird ón mbean agus dhírigh ar lasair na tine. Shín sé amach a lámh agus thosaigh sé ag piocadh an tine.

'Níl aon tinteán mar do thinteán féin!' ar sé go gealgháireach.

Lig Máiréad osna faoisimh. Den chéad uair, thug sí faoi deara go raibh dealramh aige lena fear céile, mar a bhí sé tráth. Ach chaith sí uaithi an néal sin agus sheas. B'fhearr léi an cuairteoir seo a choimeád siar ón tine agus istigh i gcathaoir, áit a mbeadh sí in ann súil ghéar a choimeád air.

'Níl aon ghá leis an tine a fhadú go ceann tamaillín eile,' ar sí. 'Suigh síos go ndéanfaidh mé cupán tae duit.'

Ghlac sí uaidh an piocaire agus d'fhan go dtí go raibh sé ina shuí go compordach sa chathaoir uilleach. An chathaoir nár ghnách le Máiréad suí inti ab ea an chathaoir a roghnaigh sé. Chuir sí an piocaire ar ais ar an mballa, chuaigh chun an citeal a líonadh agus é a chur leis an teas.

'An bhfuil gaolta leat timpeall na háite seo?' arsa Máiréad.

'Níl, faraor. Is cuairteoir ar an gceantar seo mé,' arsa mo dhuine.

'Ach cá mbeidh tú ag fanacht anocht?'

'Tugtar le tuiscint dom go bhfuil brú óige thart anseo,' ab ea an freagra neamhchinnte a thug sé.

'Brú óige?' D'fhair Máiréad an fear a bhí ina shuí sa chathaoir uilleach. Bheadh sé ag druidim le dhá scór go leith bliain d'aois. 'Seo bóthar na farraige. Ní fheicfidh tú an bealach seo ach an fharraige.'

'Is cosúil go bhfuilim beagáinín ar strae!' a gháir sé. Dhírigh sé na cosa agus bhain amach an fón póca. 'Rinne mé iarracht léarscáil á fháil ar an bhfón ach ní fiú rud ar bith é. An bhfuil rud éigin cearr leis an gcomhartha sa cheantar seo?'

Ní dhearna Máiréad ach na guaillí a shearradh. Bhí mála mór prátaí in aice an dorais. Thóg sí babhla ón gcófra agus líon go barr le prátaí ón mála é. Tuairim is dhá dhosaen prátaí ar fad a bhí aici. Chuir sí ar an doirteal iad agus thosaigh á nglanadh agus á scamhadh.

'Tá teach lóistín píosa beag uainn. Siúlóid uair go leith ar a laghad a bheadh i gceist,' arsa Máiréad. Thug sí faoi deara anois na bróga pointeáilte air.

'Ní fheadar an bhféadfainn tacsaí a fháil?' arsa an fear.

Tacsaí? Rinne Máiréad gáire ciúin. Ní fheadar an mbeadh an fear seo sásta íoc as tacsaí dá mbeadh a leithéid ar fáil sa cheantar seo?

'Níl aon tacsaí ann ach téann comharsa liom an treo sin gach tráthnóna. B'fhéidir go bhfaca tú gluaisteán i gcabhsa an tí eile sin thíos?' Dhírigh sí méar i dtreo na fuinneoige.

Bhreathnaigh an strainséir amach go smaointeach. 'Shiúil mé thar an teach sin sular tháinig mé anseo. Ní cuimhin liom aon ghluaisteán a fheiceáil ann. Seans go bhfuil sé imithe cheana féin.'

Bhí Máiréad sa teach an lá ar fad agus níor chuala sí aon ghluaisteán ag dul thar bráid.

'Thabharfainn féin dídean duit ar feadh na hoíche,' ar sí agus í ag cur mála tae isteach i muga uisce fiuchta, 'ach nach bhfuil ach an t-aon seomra codlata amháin againn.' Chas sí an mála san uisce. 'Cá mhéad siúcra?'

'Dhá cheann.'

Thóg sí amach an mála tae, chuir braoinín bainne isteach mar aon leis an dá spúnóg siúcra, mar a d'iarr sé uirthi. Shín sí an muga chuig an gcuairteoir a ghlac go buíoch leis. Cuireadh ar a shuaimhneas é agus bhí sé ciúin. Chuaigh Máiréad i mbun a cúraimí agus na prátaí gearrtha a chur isteach i bpota uisce.

'Cad a dhéanann tú féin,' ar sí, 'chun go mbeadh inspioráid ag teastáil uait?'

'Is ealaíontóir mé,' arsa an fear.

Stad Máiréad os cionn an pota. 'Ealaíontóir? Bhí m'fhear céile ag freastal ar chúrsa ealaíne ar feadh tréimhse. An phéinteáil. Thaitin sé go mór leis. Taispeántas aige i ngailearaí fiú.'

D'fhéach an cuairteoir ar an ngrianghraf ar an mbord an athuair.

'Sin é d'fhear céile sa phictiúr,' ar sé.

'Is é,' arsa Máiréad.

'Agus cad a tharla?'

'Bhí air éirí as. Táimid i bhfad siar anseo. Aistear fada ag dul isteach agus amach agus ...'.

Chuir Máiréad a raibh fágtha de na prátaí isteach sa phota agus chuir an pota ar an tine. Sheas sí ansin ag féachaint ar an gcanbhás a bhí ar crochadh ar uchtbhalla an tsimléir.

Lean an cuairteoir líne a hamhairc agus leag súile ar an tírdhreach. 'Tá an saothar sin feicthe cheana agam!' a d'fhógair sé. 'Ach ní cuimhin liom cé a rinne é.'

D'amharc Máiréad ar an bhfear sa chathaoir uilleach. Thosaigh a croí ag bualadh go tapa an athuair. 'Máirtín.'

'Máirtín! Anois is cuimhin liom é. Tá sé tamall maith ó bhuail mé leis. Bliain, b'fhéidir. I ngailearaí, más buan mo chuimhne. Bhí tionscadal ar siúl againn le chéile. Bhí an-chraic againn! An-chraic go deo.'

'An raibh anois?' arsa Máiréad ag baint lán a súl as.

Bhí an strainséir ag stánadh ar an bpictiúr, na radhairc á dtabhairt chun cuimhne aige ina intinn féin go dtí gur tharraing lasracha an tinteáin a shúile anuas chun na tine arís.

'Tá neart prátaí agat ansin!' ar sé gan choinne.

'Beidh ocras ar Mháirtín nuair a thiocfaidh sé isteach,' arsa Máiréad.

'Ach shíl mé gur anseo i d'aonar a bhí tú anois!'

Bhreathnaigh Máiréad air idir an dá shúil. 'Ach cé a thug é sin le tuiscint duit? Nach bhfuil cóta m'fhir chéile ar crochadh ar chúl an dorais? Chuaigh sé amach gan é. Is leis an píopa ar an matal. Agus an síleann tú gur liomsa na buataisí móra sin atá á dtriomú cois na tine? Tá láib na maidine orthu.'

D'amharc an strainséir i dtreo an chóta ar an doras, an phíopa ar an matal, ar na buataisí salacha agus ar an ngrianghraf ar an mbord taobh leis. Ansin bhreathnaigh sé ar Mháiréad. Bhí sise ag breathnú ar an gclog ar an matal. 'Is gearr go mbeidh sé sa bhaile. Beidh tú in ann labhairt leis nuair a thiocfaidh sé ar ais.'

'Cá bhfuil sé anois?'

'Thiar sa ghort. Seans go ndeachaigh sé féin ag lorg fothana ón stoirm. Is dócha go mbeidh sé cantalach leis tar éis dó dearmad a dhéanamh ar a chóta ar dhul amach dó tar éis lóin. Ach nach dtabharfaidh do chuairt anseo air ardú croí dó!'

Gháir an strainséir go támáilte. 'Is mór an trua nach mbeidh deis agam bualadh leis inniu.'

'Nach mbeidh?'

'Ní mór dom bóthar a bhualadh.'

'Nach bhfanfá tamaillín beag eile? Chun go mbeadh cúpla práta agus blúire ime agat linn. Tá fuílleach ann do gach duine.'

D'fhair sé an pota agus na prátaí go léir á mbeiriú ann. 'Ba bhreá liom fanacht ach tá sé in am dom imeacht. Tá an stoirm ag imeacht uainn. B'fhéidir go dtiocfaidh mé ar ais lá eile. Ach idir an dá linn, beidh orm an teach lóistín sin a aimsiú.'

'Tá sé fós fliuch amuigh.'

'Beidh mé i gceart.'

D'fhair Máiréad an seaicéad bréidín air. 'Beidh tú báite. Seo, beir leat é seo.'

Chuaigh sí go dtí an cófra le hais an dorais agus d'oscail amach é. Bhain amach seanchóta báistí fada. 'Ba le Máirtín é seo. Ach tá sé ... ní oireann sé dó a thuilleadh. Tóg tusa é.'

'Is cuimhin liom cé chomh hard, aclaí is a bhí Máirtín,' arsa an cuairteoir agus é ag tabhairt sracfhéachaint eile ar an ngrianghraf.

'Ard agus aclaí go deo. Ní chuirfeadh rud ar bith scanradh air.'

Chuir an fear air an cóta báistí os cionn an tseaicéid bréidín. D'oscail Máiréad an doras dó. Bhreathnaigh siad amach. Bhí sé ceobhránach go fóill.

'Bhuel, go raibh maith agat as ucht gach rud – an tae, an comhluadar, an fhothain!'

'Slán agat,' arsa Máiréad.

Thug an fear aghaidh ar an domhan amuigh. Bheannaigh Máiréad dó den uair dheireanach agus dhún an doras. Chuir sí glas air.

Siúd anonn chun na fuinneoige léi chun féachaint air ag imeacht uaithi. Bhí sé imithe chomh fada leis an ngeata. D'fhéach ar dheis agus ar chlé. Ar deireadh, chas sé ar chlé agus d'imigh sé uaithi.

Anonn go dtí an chathaoir uilleach léi ansin agus shuigh sí síos. Lig sí osna throm. D'fhéach sí an athuair ar an gclog ar an matal, mar nár thug sí an t-am faoi deara i gceart an chéad bhabhta. Dhá nóiméad chun a sé. Ní chuirfeadh sí glaoch riamh ar Aisling ag an am seo. Bheadh na leanaí fós ina suí. Ach mhaithfeadh sí di an uair seo é. Thóg sí an fón ón urlár agus bhrúigh isteach uimhir a hiníne. D'fhreagair Aisling láithreach.

'Heileo, a Mham.'

Tharraing Máiréad anáil thobann.

'An bhfuil tú ceart go leor?' arsa Aisling go himníoch.

'Tá. Táim go breá, a stór.'

'Níl tú. Inis dom cad atá cearr. An rachaidh mé chugat? Beidh mé leat faoi cheann uaire sa ghluaisteán.'

'Ná déan rud ar bith dá shórt, a stór,' arsa Máiréad. 'Táim go breá. Níl ann ach gur baineadh geit bheag asam ar ball beag.'

'Abair leat.'

Dhún Máiréad a súile. 'Bhí cuairteoir anseo. Dúirt sé go raibh aithne aige ar d'athair.'

'A leithéid! Tá súil agam gur chuir tú an ruaig air.'

'Tá sé bailithe leis anois. Ní bheidh sé ag teacht ar ais.'

'An bhfuil tú cinnte?'

'Táim cinnte, a stór. Agus i ndáiríre, táim ceart go leor anois. Níl ann ach gur airigh mé uaim do ghuth. Níor theastaigh uaim fanacht chun labhairt leat.'

Gheall Aisling go gcuirfeadh sí glaoch ar ais ar a máthair tar éis a hocht a chlog mar ba ghnách chun a chinntiú go raibh gach rud ceart i gcónaí.

Leag Máiréad síos an guthán agus bhreathnaigh ar an ngrianghraf taobh léi. Ghlac sí chuici an íomhá dá fear céile.

'Airím do ghuthsa uaim chomh maith,' ar sí os ard. 'Fiú agus tú imithe uaim le seacht mbliana.'

Place Vendôme

Do bheirt a bhí an bord leagtha.

'*Madame*,' arsa an freastalaí, agus thug cuireadh d'Úna suí isteach sa chathaoir os comhair Alastair.

'Cá bhfuil Anna agus Marco?' a d'fhiafraigh Úna láithreach dá ceannasaí agus í ag suí os a chomhair. Bhrúigh an freastalaí isteach an chathaoir, chuir naipcín ar a glúine agus shín chuici na cláir bhia agus dí. D'umhlaigh di agus d'imigh.

'Ní raibh siad in ann teacht.'

Chuir an scéal seo iontas ar Úna. Thug Alastar le tuiscint di gur chruinniú práinneach é. An t-uafás le plé acu, a dúirt sé. Gheall sé go mbeadh an Spáinneach agus an tIodálach ag freastal ar an dinnéar leis. Ach b'fhéidir nach raibh a fhios aige ag an am nach mbeadh ceachtar den bheirt ar fáil. B'fhéidir nár mhian leis an choinne a chur ar ceal agus bord curtha in áirithe aige i mbialann L'Espadon sa Ritz.

Óstán an Ritz i gcroílár Pháras! Agus an áit tar éis na doirse a oscailt arís i ndiaidh dhá bhliain d'athchóiriú. Bhí sé níos mó agus níos deise agus níos galánta ná mar a shamhlaigh Úna riamh a bheadh sé.

Cuireadh déanach a fuair Úna chun teacht go Páras agus bhí an t-óstán ina raibh an chomhdháil margaíochta ar siúl lán cheana féin. Óstán simplí trí réalt, deich nóiméad ón áit seo a bhí curtha in áirithe ag an riarthóir i mBaile Átha Cliath di. Ní raibh sí róchinnte cá raibh Anna ná Marco ag fanacht.

Ó Mhaidrid ab ea Anna. Ba mhinic a labhair Úna léi ar ghlao comhdhála ó Bhaile Átha Cliath. Chas siad ar a chéile beo den chéad uair inniu ag an gcomhdháil. Thaitin an Spáinneach go mór le hÚna agus bhí sí ag súil go mbeadh roinnt craic aici léi le linn na seachtaine. Bhí toscairí ó gach cearn den Eoraip bailithe le chéile go ceann cúig lá le haghaidh na comhdhála margaíochta, nó 'An tAcadamh Margaíochta' mar a bhí air go hoifigiúil.

Bhí Úna tar éis clárú don chomhdháil cheana féin um thráthnóna agus nuair a bhreathnaigh sí ar an gclár oibre chonaic sí go raibh raidhse imeachtaí beartaithe ag lucht na comhdhála dóibh in imeacht na seachtaine. Ar an gclár tráthnóna amárach, bhí turas cultúrtha timpeall na cathrach chun na radhairc ba mhó cáil, an Arc de Triomphe agus an Tour Eiffel, a fheiceáil. Turas eile fós, go Versailles, a dhéanfaidís an lá dar gcionn. Turas báid ar an Seine agus bus ansin go dtí an Moulin Rouge a bhí eagraithe don tráthnóna ina dhiaidh sin.

Tharla go raibh siad saor tráthnóna inniu áfach chun a rogha rud a dhéanamh agus daoine fós ag clárú don ócáid nó le tuirlingt go fóill sa chathair. Bhí de rún ag cuid de na toscairí a bhí ann cheana féin bualadh le chéile le haghaidh deoch tar éis an tsuipéir. Ní raibh Úna ag fanacht in óstán na comhdhála agus i ndáiríre bhí sí ag iarraidh oíche mhaith codlata a dhéanamh chun go mbeadh sí ina lánmhúscailt an lá dar gcionn. Bhí an t-ádh léi gur éirigh léi áit a fháil ar an gcomhdháil ar an gcéad dul síos agus ba mhian léi dul i bhfeidhm ar na daoine cuí.

Ní raibh ar intinn aici ach dul ag spaisteoireacht timpeall an cheantair um thráthnóna chun sracfhéachaint ghairid a thabhairt ar na siopaí in aice láimhe sular dhún siad. Bhí sí ag crochadh a cuid éadaigh sa vardrús nuair a chuir Alastar fios uirthi. I ndiaidh an ghlao, chuaigh sí láithreach chun cith a ghlacadh, blús agus sciorta a roghnú agus smideadh a chur uirthi féin. Amach léi ansin go dtí an Ritz in Place Vendôme áit a raibh sí le bualadh le hAlastar le haghaidh an dinnéir ar a leathuair tar éis a seacht. Bhí an bhialann sách ciúin nuair a tháinig sí ach ba ghearr go mbeadh sí lán.

Duine mór gnó ab ea Alastar. Lonnaithe in oifigí na Ríochta Aontaithe a bhí sé agus mar sin b'annamh a bhuail Úna leis roimhe seo. Fiú nuair a thug sé cuairt ar oifigí Bhaile Átha Cliath, is ar éigean a thug sé faoi deara í le linn na tréimhse trí mhí a bhí sí ann go dtí seo.

'Ní fheadar an bhfuil rud éigin ar siúl idir an bheirt sin?' arsa Alastar gan choinne.

D'fhéach Anna ar an mbeirt fhreastalaithe a bhí ag crochadh thart ar an doras. Rinne Alastar gáire.

'Táim ag tagairt d'Anna agus do Marco.'

Chuir a chuid cainte iontas ar Úna. Chrom sí ar an mbiachlár. B'fhearr di gan dada a rá i dtaobh a comhghleacaithe. Go háirithe lena ceannasaí.

D'ardaigh sí na súile chun sracfhéachaint a thabhairt air. Bhí sé ag féachaint ar an mbiachlár. Ní raibh aon fhreagra uaidh i ndáiríre. Ach fiú gan sin, bhí súil aici nach raibh rud éigin ar siúl idir an bheirt. Ball nua den fhoireann ab ea Marco. Ón Róimh ab ea é ach go raibh sé lonnaithe in oifigí Milano. Bhí sé dathúil go leor agus bhí dath na gréine air. Ní raibh aon teagmháil ag Úna leis go dtí seo. Cuireadh in aithne iad níos luaithe inniu ach b'in an méid.

Chaith Úna uaithi an néal brionglóideach agus dhírigh a haird ar an mbiachlár. Bhí gach rud scríofa i bhFraincis ar chlé agus i mBéarla ar dheis. Bhí praghsanna luaite síos i lár an leathanaigh. Agus gach rud thar a bheith costasach. B'ionann praghas an réamhchúrsa agus an méid a d'íocfadh Úna ar an mbéile iomlán sa bhaile dá tuistí agus dá beirt deartháireacha móra dá mbeadh ceiliúradh ar siúl.

'Tá fáilte romhat rud ar bith ar an mbiachlár a roghnú,' arsa Alastar. Ba léir nár chuir na praghsanna as dó siúd in aon chor. 'Is é an comhlacht a bheidh ag íoc as gach rud.'

'Um ... go raibh maith agat,' arsa Úna go támáilte.

D'fhill an freastalaí agus dhá fhliúit seaimpéine ina lámha aige. Chuir sé os comhair Úna agus Alastair iad. Bhí Úna ar tí cur ina choinne gur bhris Alastar isteach uirthi.

'D'ordaigh mé gloine thar do cheann,' ar sé. 'Tá súil agam go dtaitneoidh an bhliain áirithe seo leat – Perrier Jouet Millésimé atá ann. Sláinte.'

Ní bheadh a fhios ag Úna an difríocht idir é agus Bucks Fizz. 'Sláinte,' ar sí agus bhain súimín as a gloine.

D'fhair Alastar í agus í ag ól. Bhraith Úna míshuaimhneach agus chrom ar an mbiachlár an athuair.

'Nach bhfuil tú ullamh fós, a Úna?' arsa Alastar. 'Bhí mise ag ceapadh go mbeadh an gliomach agam. Cad fútsa? An rud céanna?'

'Bheadh sailéad go breá domsa,' arsa Úna go neamhchinnte.

'Bíodh an sailéad agat mar réamhchúrsa. Sílim go mbeadh sé oiriúnach rud éigin níos suimiúla a bheith agat ina dhiaidh sin. *Escargots*, b'fhéidir? Tá an-cháil orthu san áit seo.' D'ardaigh Alastar a chloigeann agus bhí an freastalaí lena thaobh láithreach. *'La salade du jour et les escargots pour Madame. Pour moi, le foie gras et le homard!'*

Bhí cuma shásta ar Alastar agus an píosa cainte déanta aige i bhFraincis. Cuma imníoch a bhí ar Úna mar sailéad caibhéir ab ea sailéad an lae a bhí ordaithe ag Alastar di. Bhí sí cinnte nach dtaitneodh sé léi ach níor mhian léi é sin a chur in iúl dó.

'An dtaitníonn an mhargaíocht leat, a Úna?' arsa Alastar nuair a bhí an freastalaí imithe. 'An bhfuil tú sona sa phost?'

Rinne Úna iarracht aoibh a dhéanamh leis. 'Taitníonn an post go mór liom. Is iontach an taithí oibre atá á fáil agam. Mar is eol duit, d'éirigh liom áit a bhaint amach i Scoil Ghnó Bhaile Átha Cliath ach gur chuir mé siar é sin go ceann bliana chun taithí a fháil ar an saol. Táim ag ceapadh anois gurbh fhearr liom i bhfad fanacht leis an gcomhlacht seachas filleadh ar an staidéar in aon chor.'

'An mar sin é?' arsa Alastar. Bhí cuma leadráin air anois. Tháinig faitíos ar Úna go gceapfadh sé go raibh sí ag caint trína hata, ach chlaon sé isteach chuici chun labhairt léi. 'A Úna, tá duine á lorg agam a d'fhéadfadh riachtanais faoi leith a shásamh dom. An síleann tú gur tusa an duine seo?'

Thug Úna faoi deara an loinnir ina shúile. Bhí sé ar bís faoi rud éigin. Ghlan sí a scornach.

'Táim i gcónaí ar fáil agus bheinn sásta taisteal go hoifig ar bith eile san Eoraip dá mbeadh gá le mo scileanna ansin. Táim sásta cáilíochtaí gnó agus margaíochta a fháil agus mé ag obair ag an am céanna.'

'An maighdean tú?' arsa Alastar.

Chuaigh na súile thar na mogaill ar Úna agus tháinig racht casachtaí uafásach uirthi ag an am céanna. Shlog sí siar an ghloine seaimpéine, rud a rinne an chasachtach ní ba mheasa fós. Tháinig freastalaí le gloine uisce agus ghlac sí go buíoch léi.

Níor labhair Alastar go dtí go raibh sí socair arís. Bhí sé chomh ciúin nach raibh Úna cinnte fiú ar chuala sí i gceart é. An raibh sé tar éis fiafraí di i ndáiríre an maighdean a bhí inti?

'Ní gá dom an cheist a chur ort an dara huair, a Úna,' arsa Alastar. 'Is tusa an cineál duine atá uaim. Dá mbeifeá sásta roinnt oibre pearsanta a dhéanamh dom, chinnteoinn go mbainfeá luach saothair as. Is beag obair a bheadh le déanamh agat go deo arís.'

Leath a béal ar Úna. Theip na focail uirthi.

'Déan do mhachnamh air,' arsa Alastar.

Chríochnaigh siad an béile, Alastar ag caint mar gheall ar chistí airgeadais, cliaint nua, seanchliaint agus gach rud eile, amhail is nár thit aon rud aisteach amach eatarthu in aon chor. D'fhan Úna ina tost.

'An mbeidh caifé agat, a Úna?' a d'fhiafraigh Alastar di ar deireadh.

'Ní bheidh, go raibh maith agat,' ar sí.

Bhraith Úna a anáil uirthi. Bhí sé tugtha faoi deara aici anois go raibh sé tar éis a bheith ag bogadh na cathaoireach timpeall chuig a taobhsa le linn an bhéile. Bhreathnaigh sí ar a huaireadóir bráisléid. 'Is mithid domsa imeacht i ndáiríre, beidh seisiún straitéise ar siúl againn go moch maidin amárach.'

'Ná bac leis na seisiúin sin! Níl ann ach caint san aer. Bíodh gloine fíona mhilis agat liom.'

Leis sin, leag Alastar a lámh dheas ar chos chlé Úna. D'ardaigh sé an lámh eile chun fios a chur ar an bhfreastalaí a bhí ann ar an toirt. D'ordaigh sé an fíon, é ag cuimilt glúine Úna fad is a bhí sé ag labhairt.

Bhí Úna suaite. Dá mba rud é go raibh deis labhartha aici nuair a chuir sé lámh uirthi ar dtús, bheadh sí in ann stop a chur leis. Ach fad is a bhí sé ag labhairt leis an bhfreastalaí, ní fhéadfadh sí é a lua ansin. Anois bhraith sí nach bhféadfadh sí rud ar bith a dhéanamh.

Thosaigh lámh Alastar ag dul níos faide síos agus isteach idir a dá ghlúin. Bhí sé ag tarraingt ar a sciorta. Ní raibh sé ag féachaint uirthi ach i dtreo na ndoirse arís. Chuir Úna a lámh chlé síos chun lámh Alastar a bhogadh. Cad a rinne sé ach greim láidir a bhreith ar a lámh agus í a chur ar a chos féin. Ní scaoilfeadh sé léi in aon chor.

Chuir Úna a lámh dheas lena béal. Bhí sí náirithe. Cad eile a d'fhéadfadh sí a dhéanamh nó a rá? Ní fhéadfadh sí béic a ligean. Bhí sí in L'Espadon an Ritz! Níor mhian léi ábhar spéise a dhéanamh di féin!

Tháinig na deochanna agus scaoil Alastar lena géaga chun a ghloine a thógáil. Thosaigh sé ag caint arís amhail is nár thit aon rud amach eatarthu. Leath béal Úna fad is a bhí sé ag caint. An é gur shíl an seanfhear críonna seo gur thaitin sé léi? Go mbeadh sí sásta déanamh mar a d'iarr sé uirthi?

Ar deireadh, nuair a d'iarr sé an bille, chonaic Úna bealach éalaithe.

'Gheobhaidh mé mo chóta féin!' arsa Úna. 'Go raibh maith agat as an dinnéar agus feicfidh mé amárach thú.'

Scaoil sé léi agus chuaigh sí amach díreach chun an leithris. Shuigh sí síos ar chathaoir ann chun sos a ghlacadh agus an boc sin de cheannasaí a ghlanadh óna hintinn.

Bhreathnaigh sí mórthimpeall uirthi féin. Bhí an áit chomh galánta sin gurbh fhiú tamaillín a chaitheamh ann. Thosaigh sí ag cóiriú a cuid gruaige agus a smididh. Níor mhian léi bualadh le hAlastar arís anocht agus chaithfeadh gur chaith sí leathuair an chloig ar a laghad istigh go dtí gur bhraith sí go raibh sé sábháilte dul amach.

Bhí sí ag dul thar na beáir nuair a tháinig cathú uirthi sracfhéachaint a thabhairt isteach iontu sin chomh maith. Seans nach mbeadh sí ar ais sa Ritz go ceann tamaillín eile. Trí bhéar ar fad a bhí ann, nó trí cinn ar a laghad. An Vendôme, an Hemingway agus an Ritz.

Sa Hemingway a bhí Marco, agus é ag ól.

'*Ciao* Marco!' a bheannaigh Úna dó agus í ag baint leas as an bhfocal amháin Iodáilise a bhí aici.

'*Sei Italiana?*' arsa Marco agus iontas air.

Dhearg sí. B'fhéidir go raibh an iomarca den Perrier Jouet ólta aici nó go ndeachaigh sí thar fóir leis an smideadh. 'Is mise Úna ó Bhaile Átha Cliath. Bhuaileamar lena chéile inniu ag an gcomhdháil. Táimid araon inár gcúntóirí margaíochta.'

'Úna ó Bhaile Átha Cliath, ar ndóigh! Níor aithin mé thú!'

Bhí sé seo níos measa ná mar a shíl sí a bheadh. Bhí ar tí slán a fhágáil leis ach gur stop sé í.

'Éist, a Úna, is cuimhin liom tusa ar ndóigh. Níl ann ach go bhfuil an oiread sin le foghlaim agam. Nílim ach ag dul i dtaithí ar gach rud. Bíodh deoch agat liom! Cad a bheidh agat?'

Bhreathnaigh Úna ar ghloine Marco. Manglam a bhí aige.

'Pé rud atá á ól agatsa,' ar sí ar deireadh. Bhí súil aici nach dtiocfadh tinneas uirthi. Ach ar ndóigh ní bheadh uirthi an rud a chríochnú. Dhéanfadh sé maitheas di a bheith i dteannta gnáthdhuine ar nós Marco seachas an fear suarach sramach sin lena raibh sí ar ball.

'*Deux Poires Victoires!*' arsa Marco le fear an bheáir de bhlas láidir Iodálach.

'An bhfaca tú Anna?' a d'fhiafraigh Úna de agus iad ag feitheamh.

'Anna?' Chuir an tIodálach grainc smaointeach air féin ach mhaolaigh sé sin arís. 'Anna! D'fhill sí ar an óstán. Tinneas cinn, measaim.'

Tháinig na deochanna agus nuair a thuig Úna cé mhéad a chosain siad, ní fhéadfadh sí gan a ceann féin a chríochnú.

'Ní gá dúinn fanacht anseo,' arsa Marco agus an braon deiridh á dhiúgadh aige. 'Tá neart beár eile thart ar Place Vendôme. Agus clubanna leis. Tar liom.'

Shín Marco lámh amach agus ghlac Úna leis. Níor scaoil sé léi ach oiread nuair a bhí siad lasmuigh. D'fhair sí an strainséir dathúil dorcha á stiúradh. Thug sé chuig dhá bheár eile í áit ar chuir siad aithne níos fearr ar a chéile. Labhair siad faoin mbaile, faoin obair. Sheachain Úna aon chaint faoi Alastar.

'Tá a fhios agat go mbeidh orainn dul ag obair maidin amárach!' arsa Úna ar deireadh.

'Níl ann ach an chomhdháil. Is féidir linn suí ar chúl ar fad agus suan codlata a ghlacadh i rith na hóráide!'

Gháir Marco. Gháir Úna leis. Bhreathnaigh sé idir an dá shúil uirthi.

'Ba bhreá liom dul ag rince,' ar sé.

'Anois?' arsa Úna. Bhí sé déanach agus fuar leis. Ach sin ráite, cén fáth nach rachadh sí ag rince? Ní gach seachtain a bhí sí i bPáras ar chostas an chomhlachta agus í in éindí le buachaill dathúil Rómhánach.

Nuair a bhí siad ar an urlár rince, b'in an uair a phóg Marco í. Choimeád sé greim docht uirthi agus lean air á pógadh. Ansin thóg sé a lámh agus chuaigh siad amach ar an tsráid arís. Níor labhair ceachtar acu. Ní raibh fonn cainte orthu ach oiread.

Thug Marco go cúinne dorcha na sráide í agus thosaigh á pógadh arís. Tharraing sé ar a cuid éadaigh agus chuir sé lámh isteach faoina blús. Leis an lámh eile, d'ardaigh sé a sciorta agus nuair a chuir sé a lámh idir na cosa, tharraing Úna í féin uaidh, saothar anála uirthi.

'Cad atá cearr?' arsa Marco de chogar.

Cad a bhí cearr? A leithéid de cheist! Ní raibh ann ach go raibh siad anseo sa tsráid agus an obair seo ar siúl acu. B'fhéidir go raibh dlíthe i gcoinne an ruda seo sa tír seo.

'Níor mhaith liom fanacht anseo sa tsráid,' arsa Úna. 'Ní bheinn ar mo chompord ... é a dhéanamh amuigh ar an tsráid.'

Bhí náire an domhain uirthi. Bhí a fhios aici go raibh sí lasta san aghaidh ach bhí súil aici nach bhfeicfeadh Marco í sa dorchadas.

'Tuigim,' ar sé go ciúin.

Shocraigh siad a gcuid éadaí arís agus thosaigh siad ag siúl. Bhraith Úna ina hóinseach cheart. Ransaigh sí a hintinn agus í ag iarraidh rud éigin a rá. Rud éigin éadrom. Rud éigin greannmhar. Rud ar bith.

'Cá bhfuil d'óstán?' ar sí. A leithéid de cheist áiféiseach. Ach níor thóg Marco aon cheann di.

'Fan nóiméad,' ar sé. Stad siad, thóg sé an fón as a phóca agus bhrúigh cúpla cnaipe.

Bhí siad fós ag siúl, Úna á cáineadh féin as ucht óinseach a dhéanamh di féin. Ní raibh leathnóiméad féin thart nuair a tháinig bíp ó fhón Marco.

Bhreathnaigh sé air agus tháinig cuma áthais ar a aghaidh. Ghéaraigh sé ar a choisíocht.

'Cá bhfuilimid ag dul?' arsa Úna.

'Ar ais go dtí an Ritz!'

***

Bhailigh Marco an eochair ag an bhfáiltiú. Ba é seo an seans deireanach ag Úna slán a fhágáil leis agus filleadh ar an óstán beag simplí aici féin. Ach níor fhág sí é. Bhí an bheirt acu ciúin agus iad ag dul go dtí an seomra. Bhí sé intuigthe ag an bpointe seo go mbeadh sise ag fanacht anseo chomh maith ar feadh na hoíche.

Níor shamhlaigh Úna go mbeadh aon bhall den fhoireann ag fanacht sa Ritz. D'amharc sí ar Marco agus é ag oscailt doras an tseomra. Bhí a shúile dearg agus sprochaillí fúthu ach bhí aoibh shona air. Nó an raibh sé ar meisce? Ba dheacair a rá. Bhí siúl agus caint i gcónaí aige.

Glanadh aon amhras a bhí ar Úna mar gheall ar fhanacht san áit nuair a leag sí súil ar an seomra. Svuít a bhí ann agus é thar a bheith galánta. Shiúil siad isteach sa seomra suí. Bhí teallach ann agus ornáidíocht órga mórthimpeall air. D'fhéadfadh sí an leaba théastair a dhéanamh amach sa seomra leapa. Isteach léi go dtí an seomra folctha áit a raibh dhá fholcadán mhóra agus dhá theilifíseán.

Chuir Marco lámh ar chromán Úna. 'Ní thuigim cén fáth a bhfuil dhá fholcadán ann,' ar sé léi, 'nuair nach bhfuil gá ach le ceann amháin eadrainn.'

***

Phreab Úna ina dúiseacht. Chonaic sí an ceannbhrat os a cionn. Leaba strainséartha. An Ritz. Bhí Marco ina shuí cheana féin, culaith oibre air.

'*Espresso romano* atá uait,' arsa Marco ag breathnú uirthi. 'Ansin beidh tú go breá.'

Léim Úna isteach faoin gcith. Lean Marco isteach sa seomra folctha í chun é féin a chóiriú sa scáthán. Bhí sé ag breathnú uirthi.

'Tá tú go hálainn,' ar sé. 'Dún an doras sin nó tiocfaidh cathú orm.'

'Níl am againn anois,' arsa Úna agus dhruid doras an chithfholcadáin.

Síos leo go dtí an seomra bricfeasta. Ní raibh ar Úna ach éadaí na hoíche aréir. Rinne sí iarracht cruth níos fearr a tharraingt ar an mblús roctha. Bheadh uirthi filleadh ar a hóstán féin sula mbeadh sí in ann suí isteach ar an gcomhdháil. Bheadh sí mall.

D'ordaigh Marco *espresso romano* di. Níor thaitin sé léi. Chuaigh sé chun pastae a fháil di ón mbuiféy. Bhí sí ina suí ansin ag feitheamh leis, an fón á lasadh go discréideach aici nuair a chuala sí Marco ag caint le duine éigin. D'ardaigh sí a cloigeann. Alastar! Bhí seisean ag fanacht anseo chomh maith!

Tháinig samhnas ar Úna. Cad a déarfadh sí leis dá dtiocfadh sé anall chuici? Dá bhfeicfeadh sé ansin í i mblús na hoíche aréir. Ach níor tháinig Alastar anall chuici. Níor fhéach sé ina treo fiú. D'fhill Marco.

'Cad a dúirt sé leat?' a d'fhiafraigh Úna de láithreach. Chuir Marco an pastae os a comhair agus shuigh isteach in aice léi.

'Alastar?' ar sé. 'Bhí sé an-deas. Dúirt sé gan a bheith buartha má táimid mall ag suí isteach ar chruinniú na maidine. Ceannaire den chéad scoth is ea é.'

'Meas tú?' arsa Úna go hamhrasach.

'Cinnte. Dhéanfadh sé rud ar bith duit. Is é a thug an seomra dúinn aréir. Agus tá a fhios agam nach ndéarfaidh sé dada le duine ar bith mar gheall orainne.'

Dola

Dá mhéad riosca a bhainfeadh le hinfheistíocht, ba mhó an toradh a mbeifí ag súil leis. B'in é an bunphrionsabal a bhí ag Karl ina shaol freisin. Agus ba é seo an fáth a raibh sé ag siúl trí thollán dhamba Korube na Seapáine agus feiste phléascach sa tiachóg leathair ar a dhroim aige.

Bhí cinneadh déanta ag Karl damáiste a dhéanamh don damba, rud a chuirfeadh isteach ar an timpeallacht agus, thar aon ní eile, ar na daoine a bhí ag brath ar an gcóras. Ba ghá sin a dhéanamh. Nó bhí a bheatha féin i mbaol. Bhí sé breis is céad míle yen i bhfiacha agus bhí an siorc iasachtaí, Tadashi, ag bagairt air maidir leis an aisíocaíocht. Bhí air teacht ar an airgead, ar ais nó ar éigean.

Rinneadh tuar go raibh crith talún le tarlú agus bhí seisean chun cur le líon na marbh. Ní raibh aon dul as anois.

***

An chéad gheall. B'in é a thús. An chéad gheall a chuir sé ó tháinig sé chun na Seapáine, ar ócáid phósta a chomhghleacaí Naoto.

Iasc ab iondúla a d'fheictí mar bhéile ag ceiliúradh pósta sa tSeapáin. Deargán a bhí ar an bpláta os a chomhair amach ag Karl. Mar chomhartha áidh agus áthais a dúradh leis. Dar leis féin, ba bheag cúis áthais a bheadh ag an lánúin tar éis dóibh tamaillín a chaitheamh i dteannta a chéile faoi aon díon amháin. Bheadh dubh-olc acu dá chéile faoi cheann cúpla mí. Bhí Karl féin díreach tar éis a iarbhean chéile a fhágáil ina dhiaidh san Ísiltír agus gan iad pósta ach leathbhliain.

Chomh fada agus ab fhéidir leo, searmanas Seapánach de thraidisiún *Shinto* a bhí á cheiliúradh ag an lánúin seo – Naoto agus a bhean. Feistis chimeonó a bhí á gcaitheamh ag lucht na bainise agus caille *tsunokakushi* a bhí ar chloigeann na brídeoige.

Chuir Karl aithne ar Naoto ó bheith ag obair san aon chomhlacht tógála leis. De chine Astrálach agus Seapánach ab ea an fear nuaphósta agus bhí rian an iarthair ar na hullmhúcháin.

Bhí Naoto tar éis cuairt a thabhairt ar cheanncheathrú na hEorpa, áit ar bhuail sé le Karl. Tríd an gceangal sin a fuair Karl cuireadh chun na Seapáine chun tréimhse a chaitheamh ann i mbun tionscadail. Tharla gur tháinig sé díreach in am do cheiliúradh oíche stumpaí Naoto.

Shíl Karl gur dhuine sách ciúin coimeádach é Naoto. Ach a mhalairt ar fad a bhí fíor. Tháinig sé sin chun solais nuair a chuaigh Karl go hárasán a charad. Árasán rúnda ab ea é seo, áit nach raibh aon eolas ag brídeog Naoto air. Dúirt Naoto gur bealach éalaithe ó bhuaireamh an tsaoil é agus nach raibh aon cheist ann caimiléireacht a dhéanamh ar a bhrídeog. Ní fhéadfaí caimiléireacht a thabhairt ar luí le bábóg phlaisteach, ar ndóigh.

Bhí babhla beag de rís dhearg ar an mbord ag Karl agus fíon ríse á thairiscint do chách. Ghlac sé gloine eile fíona. Bheadh óráidí na bainise ag tosú faoi cheann cúpla nóiméad agus theastaigh uaidh go mbeadh neart le hól aige i rith na tréimhse sin.

Gan choinne, caitheadh nótaí ar luach 15,000 yen os a chomhair ar an mbord. D'ardaigh Karl a chloigeann chun féachaint cé a rinne é. D'aithin sé gurbh é Daiki é, cuntasóir sa chomhlacht céanna ina raibh Karl agus Naoto ag obair.

'Cuirimse geall 15,000 *yen* nach rachaidh na hóráidí thar uair an chloig,' arsa Daiki go muiníneach. 'Céard fútsa, a Karl? Cad é do thuairim? An bhfuil tú liom?'

Bhreathnaigh Karl ar na nótaí agus rinne a mhachnamh. Níor bheag an rud é an tsuim airgid ansin os a chomhair. Bhí rud éigin gáifeach ag baint le nótaí a fheiceáil caite ar an mbord, agus gan an dinnéar fiú thart. Ach bhí Karl dulta i dtaithí ar nósanna na bpearsana seo.

Ghlac sé leis an gcuireadh. Bhí a dhóthain aige le cur leis an ngeall. Duine ciúin ab ea Naoto agus é i mbun a chuid oibre, ach nach raibh sé ag stealladh cainte oíche na stumpaí?

'Dhá uair an chloig,' arsa Karl, agus chuir an méid céanna airgid ar an mbord is a chuir Daiki.

'Dhá uair an chloig?' a gháir an fear eile. 'Bheinn sásta an tsuim sin airgid a íoc chun críoch a chur le hóráidí chomh fada sin!'

Leag sé an stopuaireadóir ar an mbord agus shuigh sé síos. Ba bheag spéis Karl in óráidí fada leadránacha i dteanga iasachta, agus ba bheag aithne aige ach oiread ar an teaghlach. Ach ar a laghad, chuir an geall seo leis an ócáid.

Scaoil Daiki eascaine nuair a lean na hóráidí ar aghaidh thar an uair an chloig. Bhí an cluiche caillte aige ag an bpointe sin.

Rinne Karl brabús maith an lá sin agus bhain sé taitneamh as an gcluiche. B'in é an fáth ar lean sé air ag imirt.

***

Cé go raibh cosc ar an gcearrbhachas sa tír, níorbh ionann sin agus gur choinnigh gach duine amach uaidh. Ba é Daiki a chuir Karl ar an eolas mar gheall ar an gcluiche Pachinko – cluiche meaisín liathróidí pionna. Ba mhór an spéis a chuir Karl ann.

Gníomh aonarach ab ea an Pachinko, gach duine ina sheasamh ag a mheaisín féin, gan aon duine ag cur isteach ar aon duine eile. Ní raibh an oiread sin suime ag Karl crochadh thart le muintir na tíre ar aon chuma, agus ar an gcaoi sin, ní raibh aon ghá le caidreamh a dhéanamh le duine ar bith eile, ba chuma cárbh as dóibh.

Théadh Karl go rialta chuig na hallaí ag an deireadh seachtaine chun an cluiche a imirt. Is amhlaidh a bhíodh an áit lán, glórach agus ceol á sheinm, ach gan aon duine ag caint lena chéile. Nuair nach mbíodh an áit lán, chuirtí taifeadadh ar siúl a thabharfadh le tuiscint do chuairteoirí go raibh daoine bailithe le chéile anseo.

Is beag aird a thugadh Karl ar rud ar bith eile agus é ag imirt. Bhreathnaíodh sé go dian ar an meaisín, na liathróidí ag preabadh os a chomhair, gan aon sos a ghlacadh ach chun nóta airgid eile a shleamhnú isteach sa sliotán agus tuilleadh liathróidí a fháil. Ag deireadh an chluiche, d'fhéadfaí na liathróidí a thrádáil ar dhuaiseanna. Cuid den chur i gcéill ab ea é nár chearrbhachas a bhí i gceist toisc nach airgead a bhí ar fáil ar chluiche a bhuachan. Ach d'fhéadfaí na duaiseanna sin a mhalartú ar airgead.

Bhí Karl go maith ag an gcluiche agus bhí an t-ádh leis nuair a thosaigh sé. Ach mar a tharlaíonn le gach cluiche den chineál sin, tháinig laghdú ar an méid a bhí á bhuachan aige. Fiú agus na leabhair léite aige agus na físeáin feicthe, caillteanas a bhí á dhéanamh aige. Níorbh fhada go raibh sé báite i bhfiacha agus é ag cailleadh níos mó ná mar a bhí á shaothrú aige sa chomhlacht tógála.

Mar iarracht ar na fiacha a chlúdach, bhí sé beartaithe ag Karl an léas a dhíol ar an árasán a bhí ar cíos aige. Sa chaoi sin, ní hamháin go saothródh sé airgead ach bheadh sé saor ón dualgas cíos a íoc. Ar ndóigh, ní fhéadfadh sé maireachtáil gan áit chónaithe. Dá bhrí sin chuaigh sé chuig Naoto.

Ní raibh Naoto róthógtha leis an iarratas a bhí aige – a árasán rúnda a fháil ar iasacht uaidh.

'Réiteach sealadach a bheadh ann,' arsa Karl. 'Go dtí go gcuirfear gach rud i gceart.'

D'éirigh leis a chur ina luí ar Naoto go raibh fadhb ann lena árasán féin. Tá an tSeapáin suite ar cheithre phláta theicteonacha agus dá bharr sin a tharla na creathanna talún sa tír. Is ar éigean a thug tromlach na ndaoine aird ar bith orthu den chuid is mó. Is beag damáiste a dhéantar do na foirgnimh láidre nua-aimseartha. D'inis Karl do Naoto go raibh contúirt ag baint lena bhloc féin sa chás go dtarlódh crith talún.

'Nach féidir leis an lucht árachais athchóiríocht a thabhairt duit fad is atá na deisiúcháin ar siúl?' arsa Naoto.

Chroith Karl a chloigeann. 'An áit atá á thairiscint acu dom, tá sé rófhada amach. Ní maith liom é. Ach éist, dá bhféadfainn fanacht san árasán agatsa, choimeádfainn gach rud faoi rún.'

'Cad mar gheall ar mo chuid stuif?' arsa Naoto. 'Ní hé go bhfuilim in ann é a thabhairt abhaile liom!'

'Ní leagfaidh mé lámh air.'

Tháinig siad ar réiteach maidir le costais. Chuir Naoto a chuid trealaimh in aonad stórais agus lig do Karl leas a bhaint as an árasán go ceann trí mhí. Bhí Karl lánsásta go mbeadh réiteach aige ar an bhfadhb faoin am sin.

Thosaigh sé ag cur suime i ngeallta de chineálacha éagsúla – rud ar bith a raibh suim ag daoine ann agus a bhféadfaí geall a chur air – cluiche corr agus cluiche súmó, rásaíocht chapall agus spóirt eile dá shórt. Agus é ag druidim le deireadh na tréimhse trí mhí, bhí Karl níos troime i bhfiacha ná mar a bhí riamh. Mar rogha dheiridh bhí sé ar tí goid ón gcomhlacht ach gur thug Daiki faoi deara neamhréiteach sna cuntais ar an toirt.

'Is iasacht a bhí uaim,' an leithscéal a thug Karl láithreach. B'fhearr é seo a rá ná ligean air gur botún a bhí ann. 'Cuirfidh mé i gceart é.'

'Tá cara agam. Tadashi is ainm dó,' arsa Daiki. 'Beidh seisean in ann comhairle a chur ort agus rudaí a chur i gceart duit.'

Chuaigh Karl chuig tearmann Tadashi. Bhí oifig aige sa mhórshráid. Glanadh na fiacha agus ní raibh sé faoi chomaoin ag duine ar bith a thuilleadh ach amháin ag Tadashi féin. Bhí seisean sásta fanacht ar feadh scaithimh ar an aisíocaíocht, ach ar chostas méadaithe. Bhí Karl cinnte go bhféadfadh sé gach costas a chlúdach ach an t-ádh a bheith leis ag an am cuí.

***

Cuireadh fainic ar mhuintir na tíre go raibh crith talún chun tarlú. Agus an tuar seo tugtha, ghlaoigh Daiki cruinniú le Naoto agus Karl chun cúrsaí gill a phlé.

'Sé ponc a cúig ar an scála Richter,' arsa Naoto gan mórán machnaimh a dhéanamh air.

'Seacht ponc a dó,' arsa Karl agus ardmheastachán á thabhairt aige, faoi mar a dhéanadh sé i gcónaí.

D'fhéach siad ar Daiki chun go gcaithfeadh sé a vóta isteach.

'Nach mbeadh sé níos suimiúla,' ar sé go mall, 'an geall a chur ar líon na ndaoine a mharófar de bharr an chreatha talún seachas uimhir éigin ar scála Richter?'

'Ach,' arsa Naoto, 'conas is féidir a chinntiú gurb é an crith talún atá freagrach as an gcaillteanas? Dá dtarlódh súnámaí nó radachur núicléach mar thoradh air sin, mar shampla?'

'Beidh orainn teorainn a chur leis,' arsa Daiki. 'Mholfainnse tréimhse ama. Abraimis trí lá. An líon daoine a mharófar laistigh de thrí lá ón tubaiste seo.'

D'aontaigh an bheirt eile leis seo. Gné nua den chluiche ab ea é seo agus bhí siad sásta triail a bhaint as.

'Dar liomsa,' arsa Daiki, 'tá an tír seo níos réitithe ná riamh, chun aghaidh a thabhairt ar a leithéid. Ní dhéanfar an oiread céanna damáiste is a rinneadh roinnt blianta ó shin. Ní bheidh na hiarmhairtí céanna ag baint leis. Is ar éigean a bheinn ag súil le 2,000 bás.'

Bhí dearcadh níos duairce ag Karl, mar a bhí i gcónaí.

'Cúig mhíle íobartach,' ar sé.

Luaigh Naoto figiúr idir an dá cheann. Bheadh an bua ag an té leis an bhfigiúr ba chóngaraí don líon a luafaí ar cheannlínte NHK trí lá tar éis an chreatha talún.

Ba bheag nár thit Karl as a chathaoir nuair a chuala sé an tsuim airgid a bhí le cur ag Daiki leis an ngeall seo. Conas a bheadh sé d'acmhainn aige geall mar seo a chur? D'fhéach sé ar Naoto ach níor fhéad sé aon léamh a dhéanamh air.

Dá mbeadh an bua ag Karl, bheadh sé in ann a chuid fiacha go léir a ghlanadh. Níor theastaigh uaidh rómhachnamh a dhéanamh ar cad a tharlódh dá mbeadh dul amú air.

Tháinig an triúr ar chomhaontú agus cuireadh an cruinniú ar athlá go dtí trí lá i ndiaidh na tubaiste.

Ní fhéadfadh Karl an geall seo a chailleadh; bhí a raibh aige ag brath air. Chuaigh sé ar ais chuig Tadashi chun comhairle a lorg. Eisean a d'inis dó mar gheall ar an damba.

***

Nuair a bhí an gnó déanta ag Karl, chuaigh sé i bhfolach in árasán Naoto. D'fhan sé ann ar feadh trí lá agus é ag faire go géar ar an Idirlíon ag súil leis an nuacht is deireanaí. Níor chodail sé néal ach é ag breathnú ar an tsraith tuairiscí a bhí ag teacht isteach uair i ndiaidh uaire. D'ól sé an *sake* ar fad a bhí san árasán. Ní raibh fágtha ansin ach caife. Rud éigin i bhfad níos láidre a bhí de dhíth air, ach ní fhéadfadh sé dul amach.

Seacht ponc a dó ar an scála Richter a dúirt siad. Rinneadh ár ar an tír. Faoin tríú lá, tuairiscíodh gur cailleadh suas le 5,500 duine de bharr an chreatha talún agus na daoine a maraíodh de bharr na tubaiste sa Korube san áireamh.

Bhí líon na marbh níos airde ná geall Karl féin. Bhí an bua aige. Tháinig samhnas air.

Ní raibh cloiste aige ó Naoto ná Daiki ó chuaigh sé go Korube. Bhí eagla orthu, ba dhóigh leis. B'éigean dó dul i dteagmháil leo mar bheadh Tadashi sa tóir air le haghaidh na haisíocaíochta. Gan Naoto ná Daiki, ní bheadh sé in ann an aisíocaíocht sin a dhéanamh.

Shíl Karl go raibh sé in am dó an tír a fhágáil. Filleadh ar Sneek na hÍsiltíre, b'fhéidir nó áit eile ar fad, ach an gnó seo a chur i gcrích ar dtús.

Chuir Karl glaoch ar uimhir Naoto. A bhean chéile a d'fhreagair. D'iarr sé cead cainte le Naoto. Bhí sos ann ar feadh nóiméid agus ansin tháinig duine ar an líne. Níorbh é Naoto a bhí ann in aon chor. D'éirigh Karl mífhoighneach. Mhínigh sé as Béarla an uair seo gur Naoto a bhí á lorg aige.

Labhair an duine eile Béarla ar ais leis. 'Cailleadh Naoto agus comhghleacaí leis, Daiki, i dtimpiste bóthair cúpla lá ó shin,' ar sé. 'Ag teacht abhaile ó chruinniú a bhí siad, díreach sular tharla an crith talún.'

Réaltnéal

Séanadh. Céadchéim an chumha. B'in a tháinig chun cuimhne d'Éadaoin agus í i lár argóna lena comhghleacaithe. Shéan sí arís agus arís eile go raibh Dodie imithe uaithi go deo.

'Tá sé fós amuigh ansin!' ar sí de bhéic. Bhuail sí a doirne ar fhuinneog an spás-stáisiúin. 'Tá a fhios agam i mo chroí istigh go bhfuil sé ann, ach go bhfuil sé i bhfad uainn. Caithfimid dul á lorg!'

Ní thabharfadh ceachtar den bheirt eolaithe eile – Biot ná Vetrov – aird ar bith ar a cuid cainte. B'fhéidir go raibh Dodie amuigh ansin. Seans go raibh sé marbh. Nó má bhí sé fós beo, thógfadh sé rófhada orthu é a aimsiú, mar ní raibh a fhios acu cá háit sa chruinne a raibh sé anois.

Rinne Éadaoin iarracht guaim a choiméad uirthi féin ach níor éirigh léi. Chuir sí a lámha lena haghaidh. Thosaigh sí ag gol. Míríomh a d'fhéadfaí a thabhairt ar an tubaiste a thit amach. Bhí Dodie lasmuigh nuair a chuaigh an cóiméad thar bráid. Bhí siad ag súil leis an gcóiméad ar ndóigh, Dodie ach go háirithe. Bhí seisean ar bís. Cóiméad Dodie a bhí tugtha acu ar an bhfeiniméan agus bhí mórbhród ar Dodie féin.

Cóiméad parabóileach a bhí ann. Bhí a chonair ag athrú go héigríochtach agus bhí an domhantarraingt ag athrú chomh maith. Sciobadh uathu a gcomhghleacaí díreach sula ndeachaigh an cóiméad tharstu. Chaith fórsaí imtharraingthe uathu é. Leanfadh sé air ag an luas céanna go dtí go dtiocfadh rud éigin eile sa tslí air. Ní raibh siad ag súil leis seo. Ní thiocfadh an cóiméad féin go dtí an láthair seo arís lena linn.

'Níl dada is féidir linn a dhéanamh mar gheall air,' arsa Biot go neamhthrócaireach. Ba mhór an caillteanas é ball foirne ach bheadh orthu ar fad maireachtáil gan é. Éadaoin san áireamh. Bhí sé níos deacra di-se, ar ndóigh, ós rud é go raibh dlúthchairdeas bunaithe idir í féin agus Dodie. Bhí siad ar tí críoch a chur le misean spáis dhá bhliain agus bhí saoire ag dul dóibh. Bhí sé beartaithe acu é a chaitheamh le chéile cois farraige.

Cé go raibh Dodie imithe ní fhéadfaí Éadaoin a chailleadh chomh maith – go fisiciúil nó eile. Bhí sí i bhfad róluachmhar mar spásaire chun titim chun ainnise mar gheall ar ar tharla. Bhí Éadaoin chomh luachmhar fiú go raibh sé sa chonradh aici nach raibh cead aici a bheith ag iompar.

B'fhíor gur dheacair di é Dodie a fheiceáil á sciobadh uathu gan choinne. D'fhanfadh sé sin ina cuimhne go deo. Bhí sí i gcontúirt shíceolaíoch, mar a thugaidís air. De réir na treorach faoinar mhair siad, cur amú ama agus fuinnimh ab ea é a bheith ag caoineadh i ndiaidh a grá ghil. Cá bhfios cathain a bheadh Éadaoin i gceart inti féin arís? B'eol do Biot agus Vetrov nár mhór rud éigin a dhéanamh láithreach chun an fhadhb a réiteach. Chuaigh siad i gcomhairle lena chéile chun an scéal a phlé.

Thriomaigh Éadaoin na súile lena lámha agus d'fhair an folús roimpi. Bhí Dodie amuigh ansin. Dá bhfágfaidís níos faide é, ba dheacra a bheadh sé teacht air. Bhí súil aici gur éirigh leis é féin a chur ar fionraí beochana éigeandála. Sa chaoi sin, bheadh sé in ann maireachtáil go dtí go dtiocfaidís air.

Thug Éadaoin droim leis na ceamaraí agus chrom ar na rialtáin. Ní raibh aici ach nóiméad. Bhrúigh sí na cnaipí agus scaoil sí taiscéalaí cuardaigh a bheadh in ann teacht air. Roghnaigh sí taiscéalaí ón lár seachas an ceann ba ghaire di a thógáil, le súil nach dtabharfadh aon duine faoi deara go raibh ceann acu in easnamh. Cá bhfios cé chomh fada is a thógfadh sé chun teacht air. Bhí a cód aitheantais féin air. Bheadh a fhios ag Dodie nár scaoil sí leis gan iarracht a dhéanamh teacht air.

Ansin, ghlan sí an comhad ionas nach mbeadh a fhios ag daoine go raibh sí ag tabhairt faoi ghníomh neamhúdaraithe. Ní fhéadfaí gach rian den phróiseas a scriosadh go hiomlán, ach ar a laghad chuirfeadh sé moill ar aon duine a fháil amach faoi. Gníomh neamhdhleathach an gníomh a rinne sí.

Nuair a chas sí timpeall, bhí Biot agus Vetrov ina seasamh in aice léi. Bhí a fhios aici cad a bhí i ndán di.

Ní raibh eagla ar bith uirthi. Dhéanfadh an próiseas a bhí beartaithe acu maitheas di. Ní raibh aon chiall leis an bhfulaingt. Bhí taithí mhaith aici ar an gcumha, faraor. Chaill sí a hathair agus í ina déagóir. Bhraith sí uaithi é ach rud eile ar fad ab ea sin ar ndóigh. Bhuail tinneas é. Bhí an deis aici slán a fhágáil leis agus bhí neart tacaíochta aici ag an am. Thuig daoine a cás.

Bheadh an caillteanas seo níos measa. Ní bheadh tuiscint ag aon duine ar an gcaidreamh a bhí aici le Dodie. Shlogfadh an cumha í. Bheadh sí scriosta.

Chabhródh drugaí léi í a chur ar a suaimhneas, ach rud éigin níos fadtéarmaí ná sin a bheadh de dhíth uirthi le go mbeadh sí ábalta a cuid oibre a chur i gcrích agus leanúint leis an saol. Ba é an réiteach a bhí ag Biot agus Vetrov ná forscríobh.

Dhéanfaidís forscríobh ar na cuimhní a bhí ag Éadaoin ar an rud a thit amach. Síceolaí ab ea Vetrov. Bhí sé de dhualgas oibre air féin agus ar Biot tabhairt faoin bpróiseas. Trí theiripe intinne, thabharfaidís cuimhní nua di in áit na ndroch-chuimhní a bhí aici. Thabharfaidís faoi inniu. Da luaithe ba ea ab fhearr. Léirigh an taighde a bhí déanta go dtí seo nach ndearna sé maitheas d'aon duine cuimhní áiféiseacha a choimeád san inchinn. Ach níorbh é scriosadh na gcuimhní seo réiteach an scéil ach oiread. Rinneadh trialacha air sin agus b'uafásach na hiarmhairtí a tharla mar thoradh air. Ba é an rud ab fhearr a d'fhéadfaí a dhéanamh ná cuimhní eile a chur in ionad na ndroch-chuimhní. De ghnáth, ba rud éigin leamh a chuirfidís in áit na seanchuimhní ach ós rud é gur tógadh Dodie uathu, bheadh orthu é sin a chur san áireamh. D'oibrigh an próiseas go han-mhaith go dtí seo.

***

Bhreathnaigh Biot agus Vetrov ar an taifeadadh a rinneadh den mhéid a tharla. Ní raibh cead ag Éadaoin féachaint air. Níor thug sé aon soiléiriú dóibh faoinar tharla do Dodie, faraor, ach thug sé tuiscint dóibh ar na cuimhní a bheadh ag Éadaoin. Bean chliste ab ea í. Bheadh na cuimhní soiléir aici.

Bhreathnaigh Dodie ar an scáileán.

'Leathuair an chloig eile agus beidh sé díreach in aice linn! Ní mór dom mé féin a ullmhú chun dul amach. Cáil á baint amach agam agus Cóiméad Dodie tugtha mar ainm ar an gcóiméad seo!'

'Luaigh tú go raibh rud éigin le hinsint agat dom,' a dúirt Éadaoin leis.

'Is fíor sin.'

Anonn le Dodie go dtí an capsúl dubh. B'in a thugtaí ar an soitheach toisc gur fheidhmigh sé ar nós an bhosca dhuibh a bhíodh ar na heitleáin. Thóg sé rud éigin amach as. Bosca beag.

'Cad é sin agat?' arsa Éadaoin go fiosrach.

Shín Dodie an bosca chuici. 'Breathnaigh tú féin air.'

D'oscail sé an bosca di. Steallaire beag a bhí ina luí sa bhosca. Leath béal agus súile Éadaoin nuair a thuig sí cad a bhí á chaomhnú ann.

'Táimid ag iompar!' a bhéic sí le háthas. 'An mó siogót atá ann?'

'Beirt – buachaill agus cailín. Gineadh iad ar a trí a chlog.'

Thóg Éadaoin an bosca agus d'fháisc chuici féin é. 'Ba chóir dúinn iad a choimeád sa chapsúl. Beidh siad slán ansin go dtí go mbeidh an misean thart.'

'Sin atá á dhéanamh agam anois láithreach,' arsa Dodie. 'Cuirfidh mé ar fionraí beochana iad. Tá máthair ionaid aimsithe agam. Beidh sí ag feitheamh linn nuair a thuirlingeoimid.'

Chuir Dodie ar ais sa chapsúl iad. 'Samhlaigh! Is gearr go mbeimid sa bhaile, tar éis dúinn an tréimhse fhada seo a chaitheamh sa spás-stáisiún.'

Rug Éadaoin air agus phóg sí ar na beola é. 'Ní dóigh liom go bhféadfainn a bheith níos sona ná mar atáim anois. Mo ghrá thú,' ar sí nuair a scaoil sí leis. 'Anois amach leat agus breathnaigh ar an gcóiméad sin. Ní mór domsa a chinntiú go bhfuil gach rud ceart anseo chun na samplaí a bhailiú agus é ag dul tharainn.'

Chuaigh Dodie go dtí an seomra feistis chun é féin a ullmhú. Uaidh sin, chuaigh sé go dtí an t-aerbhac agus amach ar shiúlóid bheag spáis.

Bhí Éadaoin ina seasamh ag na rialtáin. Thug sí faoi deara mionearráid san eolas roimpi. Chuir sí grainc ar a haghaidh. D'ardaigh sí a cloigeann chun labhairt. Bhí Dodie os a comhair ar an taobh eile den fhuinneog ag an am. Chroith an stáisiún nuair a thit an tubaiste amach.

***

Anois, agus tuairim mhaith ag Biot agus Vetrov faoin méid a tharla, cheap siad plean.

Bhí siad sa seomra céanna, radharc acu i gcónaí ar an spás amuigh. Shuigh Éadaoin isteach sa chathaoir. Chuir Vetrov pillíní lena cloigeann. Sa chaoi sin, bheadh sé in ann an t-eolas a tharchur ón ríomhaire go dtí a hinchinn. Bhí sé ar nós hiopnóise ach ba é an difríocht mhór ná go raibh bíoga á seoladh chuig an inchinn chomh maith leis an inmheabhrú a bheadh á dhéanamh ag Vetrov.

'Bí ar do shuaimhneas anois, a Éadaoin,' ar sé. 'Dún do shúile. Samhlaigh gach rud faoi mar a bhí sé sular tharla an timpiste.

Dhún Éadaoin a súile.

'Ní mór dom mé féin a ullmhú le dul amach,' arsa Vetrov faoi mar a bhí ráite ag Dodie léi. 'Cáil á baint amach agam agus Cóiméad Dodie tugtha mar ainm ar an gcóiméad seo.'

'Luaigh tú go raibh rud éigin le hinsint agat dom?' a dúirt Éadaoin de ghuth aontonach.

'Is fíor sin.'

Tharraing Vetrov anáil.

'Is é an rud a bhí mé ag iarraidh a insint duit ná nach mbeidh mé páirteach sa mhisean a thuilleadh.'

Bhí muc ar gach mala ag Éadaoin.

'Abair?' ar sí le dua.

Tháinig bíp ó ríomhaire Vetrov. Bhreathnaigh Biot ar an ngraf. Ní raibh aon rud as riocht. Thug sé an nod do Vetrov leanúint air.

'Tá an méid a bhí uaim sa saol bainte amach agam – féach, tá cóiméad de mo chuid féin agam!'

Thug Biot súil fhiata ar Vetrov. Níor cheart dó a bheith róchruthaitheach mar gheall ar an méid a bhí le rá aige. Réitigh Vetrov a scornach.

'Tá brón orm ach ní féidir liom a bheith leat a thuilleadh.'

D'oscail Éadaoin a béal ach níor tháinig aon fhocal amach.

'Tá sé in am dúinn slán a fhágáil lena chéile go ceann tamaillín mar sin,' arsa Vetrov. 'Guím gach rath ort.'

Mhéadaigh na bíoga. Seoladh íomhá chuig Éadaoin de Dodie ag fágáil. Go tobann sheas Éadaoin agus d'oscail sí na súile. Ní raibh Vetrov ag súil leis seo. D'fhéach sé ar Biot. Arís thug Biot an nod dó nach aon rud as an ngnách é seo. Uaireanta d'fhan an duine faoi phróiseas ina shuí, uaireanta thosaigh an té sin ag gluaiseacht faoi mar a dhéanfadh sé dá mbeadh an radharc seo ag tarlú i ndáiríre.

Chuaigh Éadaoin chuig na rialtáin faoi mar a rinne sí nuair a bhí Dodie ann. Chonaic sí rud éigin, nó thuig sí ina hintinn go bhfaca, mar i ndáiríre bhí siad go hiomlán ina stad agus gan aon rud as an ngnách ag tarlú lasmuigh. Chuir sí grainc ar a haghaidh.

'Fan, a Dodie! Ná himigh!'

D'fhéach Vetrov i dtreo Biot. Ní raibh a fhios aige cad ba chóir dó a rá anois. Rinne Biot a lámh a chroitheadh san aer chun a chur in iúl dó gur chóir dó leanúint air. Leag sé méar ar chlár an ríomhaire agus d'athraigh na socruithe.

'*Um* ... caithfidh mé imeacht,' arsa Vetrov, piachán ina ghuth agus é ag iarraidh carachtar Dodie a choimeád go fóill. 'Slán, a Éadaoin.'

'A Dodie!' a bhéic Éadaoin. 'Nach gcloiseann tú mé! Tuigim anois é! Dúpholl atá ann.'

Lig sí scréach uafásach uaithi.

D'fhéach Vetrov agus Biot ar a chéile. Bhí Biot ag éirí dearg san aghaidh. Rinne sé iarracht eile na socruithe a fheabhsú ach bhí an chuma ar Éadaoin nach raibh sí ag tabhairt aon aird air.

Siúd anonn go dtí an capsúl dubh léi. D'oscail sí an doras. Chonaic sí bosca beag istigh ann. Phioc sí suas é. D'aithin sí é. A cód aitheantais féin agus uimhir Dodie a bhí air.

'Cén fáth nár dhúirt tú liom?' ar sí de chogar. 'Caithfidh mé iad seo a shábháil chomh maith.' Thóg sí an steallaire ina raibh na siogóit agus bhreathnaigh go géar air. Gan choinne, chuir sí an steallaire lena bolg agus bhrúigh an cnaipe.

'Cuir stop léi!' a bhéic Biot.

Bhí Éadaoin neamh-chomhfhiosach orthu siúd a bhí ina láthair. D'éirigh Vetrov ach bhí sé rómhall. Bhí sí istigh sa chapsúl. Faoin am ar thuig siad cad a bhí ag tarlú, bhí sí tar éis í féin a chur ar fionraí beochana.

Bhí Vetrov trína chéile. Bhí siad tar éis praiseach a dhéanamh den fhorscríobh.

'Tóg go bog é!' arsa Biot go cantalach. 'Réiteoimid é seo. Ní gá dom ach na pillíní a bhaint. B'fhéidir go mbainfear geit aisti ach beidh gach rud i gceart ina dhiaidh sin. Tá bealaí eile ann chun cabhrú léi.'

Chuaigh Biot go doras an chapsúil. Rinne sé iarracht Éadaoin a scaoileadh saor ach níor éirigh leis.

'Cad atá cearr?' arsa Vetrov.

'Rud ar bith,' arsa Biot. 'Níl ann ach go bhfuil cód casta le briseadh.' Rinne Biot í a mheas. Bhí sí fós beo ach go raibh gach rud ina corp ag glacadh sosa. 'Tá sí fós ar fionraí beochana,' ar sé. 'Ach ní thuigim é. Is cosúil go bhfuil sí ag iarraidh a bheith sa staid sin. Tuigeann a hintinn go bhfuil sí sa staid sin agus dá bhrí sin is mar sin atá sí. Ní thiocfaidh sí as go dtí go dtiocfaidh an rud a bhfuil sí ag súil leis chun í scaoileadh saor.'

Tráth

Bhí an dearg-ghráin ag Bernadette ar an aonach siamsaíochta. Áit ghlórach, ghairéadach, gháifeach. Áit a bhánaigh go neamhthrócaireach pócaí pé bómáin a leag cos sa pháirc ina raibh sé lonnaithe.

Ach ina ainneoin sin, bhí sí tagtha. Ní sa tóir ar na tuairtcharranna, an roth mór ná na bothanna bia a bhí sí um thráthnóna, ach ar phuball Madame Prút, an misteach.

Cé go raibh an talamh fliuch, bhí scata maith ar an aonach roimpi. Is beag rud eile a bhí le déanamh ar an mbruachbhaile leamh seo. Ní raibh aon seans go gcaillfeadh sí airgead ann mar ní raibh oiread agus cianóg rua le cur amú ag Bernadette. Bhí a cuid airgid go léir caite agus caillte cheana féin ar an árasán beagmhaitheasach dhá sheomra a bhí ceannaithe aici i gceartlár an bhaile roinnt blianta roimhe sin.

Infheistíocht amadánta é a rinne sí lena dlúthchara Cóilín. Bhí sí ríméadach mar gheall ar an mbeart ag an am, mar a bhí gach duine. Nuair a bhí an conradh sínithe, bhí sí in ann na seomraí a líonadh le troscán ó theach a máthar, baintreach a bhí ina cónaí ar imeall an bhaile. Teach dhá stór a bhí aici siúd. Ní raibh sa teach ach í féin agus Bernadette. Ní raibh aon ghá le leath an stuif a bhí ann.

Ag obair i mbácús an bhaile a bhí Cóilín. Lonnaigh sé é féin láithreach san árasán agus bhí sé breá sásta. Níor chaith Bernadette oiread agus oíche amháin ann ó cheannaigh sí an áit. Bean a chuaigh i muinín an traidisiúin ab ea a máthair agus ós rud é nach raibh Bernadette agus Cóilín pósta, níor ghlac sí leis go raibh gealltanas ceart eatarthu.

'Nach gealltanas é an morgáiste saoil againn?' arsa Bernadette go héadrom mar ba cheist íogair an rud a bhí á phlé.

'Má théann sibh chun cónaí lena chéile anois sula mbíonn sibh pósta,' arsa a máthair, 'geallaim duit go mbeidh an cairdeas eadraibh scriosta laistigh de bhliain.'

Bhí sí ag guí mí-áidh orthu ó thús! 'D'fhéadfadh an rud céanna tarlú do lánúin nuaphósta,' arsa Bernadette go ciúin. 'Sin é an fáth a bhfuil colscaradh ann.'

Thug a máthair amharc crua uirthi. Níor aithin sí an colscaradh, ar ndóigh.

Fiú nuair a thug Bernadette mionn go gcodlódh sí sa seomra codlata beag, ní thabharfadh a máthair cluas di. Ní raibh aon chiall leis an réiteach go raibh cead aici a bheith san árasán i rith an lae ach nach raibh cead aici an oíche a chaitheamh ann. Ach b'in mar a bhí réimeas a máthar agus b'éigean di glacadh leis má bhí meas ar bith aici ar an duine a thóg í.

Bhí post faighte ag Bernadette sa siopa bróg in aice léi. É sásúil mar phost sealadach ach ba bheag suim a bhí aici i ndíolachán ilearraí bróg ná a bheith ag cur cuarán ar chosa seandaoine. Bhí rudaí eile amuigh ansin dar léi.

Maidir le Cóilín, níor dhuine uaillmhianach é. Ní dhearna sé riamh iarracht cur isteach ar phost níos fearr ná an ceann a bhí aige sa bhácús. Ní raibh suim aige rud nua a lorg. Scanraigh sé seo Bernadette ar shlí. B'fhada uathu an lá a bheadh sé in ann íoc as fáinne gealltanais. Ó am go chéile, rinne sí iarracht an t-ábhar a phlé ach dúirt Cóilín nach bhfaca sé an fáinne cuí go fóill. Go dtí go n-aimseodh sé an fáinne ceart di, d'fhanfadh gach rud mar a bhí.

Luaigh Bernadette leis anocht agus í á hullmhú féin go raibh sí ag dul síos ar an aonach. Ní dhearna Cóilín ach gnúsacht. Chuir sí smideadh ar a haghaidh – nós eile nach raibh a máthair róthógtha leis – agus rinne a cuid gruaige a scuabadh. B'fhuath léi an cruth a bhí air. Tharraing sí siar i bpónaí é.

'Bhuel, slán!' arsa Bernadette ar dhul amach an doras di. Níor chorraigh Cóilín ón tolg.

Ní raibh a fhios ag a máthair go raibh sí ag dul ar an aonach. Níor thaitin a leithéid léi – cailleacha feasa agus tuarthairngreacht. É sin, réicí, sciortaí gearra, smideadh agus lánúineacha neamhphósta ina gcónaí lena chéile ba mhó a chráigh a croí.

Bhí mórán cloiste ag Bernadette faoi Madame Prút. Bhí tuar cailíní eile tarraingthe aici – cairde de chuid Bernadette a bhí imithe ón mbaile le tamall. Ghlac siad le comhairle uaithi nuair a bhí sí anseo cheana agus bhí siad socraithe anois i mbuanphoist mhaithe sa chathair, teach deas compordach, céile agus clann ag cuid acu, fiú.

Ní gach uair a thagadh Madame Prút nuair a bhíodh an t-aonach anseo. Ach an uair seo bhí sí ann agus bhí Bernadette dírithe ar choinne a bheith aici léi. Bhí an leantóir feicthe aici ón mbóthar tamall ó shin. Ach cá raibh sé anois? Chuaigh sí suas síos an pháirc arís. Dada. Anonn léi go dtí an both áit a raibh ticéid don roth mór ar díol. Bhí bailitheoir airgid ina shuí istigh agus pus air.

'Puball Madame Prút?' arsa Bernadette leis.

Shín fear an airgid méar shalach amháin amach thar ghualainn Bernadette. Chas sí thart agus thit a súil ar phuball gioblach na mná feasa. Bhí sí tar éis siúl thairis an chéad uair gan é a thabhairt faoi deara. Siúd anonn léi chuig an bpuball. Sheas sí nóiméad ag an mbealach isteach.

Chuir sí a lámh i bpóca an húdaí léith a bhí uirthi agus d'fháisc an bráisléad a bhí aici ann. Níorbh fhiú mórán é agus bhí sé rómhór dá lámh chaol féin, ach bhí sé deas. Bhí cloiste ag Bernadette gur ghlac Madame le tairiscintí eile seachas airgead tirim. B'in a bhí aici le tairiscint di. An mbeadh an misteach sásta leis?

'Táim ag fanacht!' arsa guth údarásach istigh. Gheit Bernadette. Tharraing sí anáil agus isteach léi.

Bean mheánaosta a bhí ina suí i gcathaoir roimpi. Ba í seo Madame Prút. Tharraing sí siar caille chorcra óna súile agus rinne Bernadette a ghrinniú ó bhonn go baithis.

'Bhí mé ag feitheamh ort,' ar sí. 'Suigh isteach sa chathaoir anois gan tuilleadh moille.'

Bhí cathaoir bhacach aonarach os a comhair amach. Shuigh Bernadette isteach inti agus dhruid leis an mbord ciorclach idir í féin agus Madame Prút. Bhí éadach ar an mbord agus liathróid chriostail ina lár. D'fhair Bernadette breo bándearg ag teacht as. Cuid den seó ab ea seo ar fad ar ndóigh. Ní fheadar conas a rinne sí é?

'Cén fáth a bhfuil tú anseo?' a d'fhiafraigh Madame Prút di go borb.

D'fhill Bernadette na lámha ar a chéile. Cén chúis a raibh sí anseo? Ceist mhaith. An é mar gheall ar an smachtadán de mháthair a bhí aici a tháinig sí? Nó mar gheall ar an leithscéal de dhlúthchara a bhí aici – Cóilín – b'fhéidir? An mí-ádh d'árasán a raibh sí fágtha leis? Nó an post gan sásamh? An é toisc go raibh sí tinn tuirseach den saol bréan seo aici? Nó b'fhéidir go bhféadfaí a rá gur mar gheall ar gach ceann díobh sin a tháinig sí. Ba mhian léi iad go léir a athrú. 'Shíl mé,' ar sí go dána, 'go mbeadh freagra agatsa air sin.'

Chlaon Madame Prút chuici. 'Tá sé ar eolas go maith agamsa cén fáth a bhfuil tú anseo. Ach an bhfuil a fhios agat féin? Nó an bhfuil freagra agat in aon chor?'

Cuireadh iontas ar Bernadette. Theip na focail uirthi. Tharraing sí a súile ón mbean agus bhreathnaigh ar an liathróid roimpi.

'Is mian liom,' ar sí go mall, 'is mian liom an todhchaí a athrú.'

D'amharc Madame Prút ar an liathróid leis agus leag lámh thanaí amháin lán fáinní uirthi. Bhí Bernadette ag súil go dtiocfadh méadú ar an mbreo ag teacht ón ngloine nó go dtosódh an leacht ann ag suaitheadh. Ach níor thosaigh. D'fhan sé díreach mar a bhí sé.

'An todhchaí a athrú, a deir tú? Is ann don todhchaí chun í a mhúnlú agus do chruth féin a chur uirthi,' arsa Madame Prút. 'Nach féidir leat é sin a dhéanamh gan chabhair uaimse?'

Lig Bernadette gnúsacht. 'Is ar éigean atá aon smacht agam ar rud ar bith i láthair na huaire.' Chuimhnigh sí ar an gcruth a bhí ar Chóilín sular tháinig sí amach, é ina shuí ina scraiste agus é ag ól canna beorach os comhair na teilifíse. Ba chuma sa sioc leis cá raibh a triall.

'Braitheann an t-am i láthair agus an t-am atá le teacht ar an aimsir atá thart,' arsa Madame Prút. 'Dá bhrí sin, is í an aimsir chaite atá tú a iarraidh orm a athrú.'

Bhreathnaigh Bernadette ar an mbean eile. Rinne sí gáire támáilte. 'An aimsir chaite a athrú? Nílim dúr. Ní féidir linn dada a dhéanamh mar gheall air sin, faraor.'

Go gairid tar éis dóibh an t-árasán a fháil, chaill Cóilín a phost. Bhí bácús eile san ollmhargadh agus bhí an iomaíocht róghéar. Dhún an áit ina raibh Cóilín. Bhí a fhios aige conas na meaisíní a chur ag obair ach b'in é teorainn a chuid scileanna. Ardaíodh an cheist maidir le díol an árasáin. Cé gur tháinig méadú ar luach an árasáin ón uair a cheannaigh siad é, bhí meath tar éis teacht arís air.

'Agus an t-airgead sin go léir a chailleadh?' ar sé léi agus alltacht air. 'An cháin ghnóthachain chaipitiúil sin go léir a íoc? Ní féidir é! Tapóidh mé an deis chun díriú ar an tionscadal potaireachta a phléamar.'

Rinne Madame Prút gáire agus bhris isteach ar smaointe Bernadette.

'Tá tú chomh cinnte sin de, a Bernadette?' ar sí.

Gheit Bernadette an dara huair. An raibh a hainm luaite aici le Madame Prút? Bhí sí cinnte nach raibh. Conas a bhí sé sin ar eolas aici? An raibh duine eile istigh air seo? Ní raibh a fhios ach ag Cóilín go raibh sí ann. Má bhí sé ag éisteacht.

Sheas an misteach gan choinne agus chuaigh anonn go dtí an bord ard a bhí in aice leo sa dorchadas. Bhí taephota air, péire cupán agus fochupán. Chuir an bhean na cupáin sna fochupáin agus dhoirt amach an tae, í ag caint le Bernadette i gcónaí.

'Tá tú chomh cinnte nach féidir an t-am atá caite a athrú, a Bhernadette. Nach eol duit, nuair a thagann ríshliocht nua i gcumhacht ar impireacht, go dtugann siad insint nua ar ar tharla rompu? Tugann siad míniú ar conas ar tháinig siad chun cumhachta agus faoi mar a thuill siad an chumhacht agus an phribhléid a bronnadh orthu.'

D'admhaigh Bernadette go raibh an bhean seo cliste ar shlí. Ach b'fhéidir go raibh leideanna á bhfáil aici ó dhuine éigin. Bhí Bernadette go maith in ann di. 'Fiú más fíor sin, ní fíor an insint nua a thugann na cumhachtaí nua.'

'Déanann gach dream an rud céanna. Ceann i ndiaidh a chéile. Cá bhfios cé acu atá ag insint na fírinne? Faoi mar atá sé scríofa agus inste is ea mar a tharla sé.'

'Ach ní hionann sin agus gur tharla sé mar sin!' arsa Bernadette go mífhoighneach.

'Is é sin mar a thuigeann an lucht leanúna an scéal,' arsa Madame Prút. 'Bíodh cupán tae agat.' Shín sí chuici an cupán.

Bhreathnaigh Bernadette isteach ar an leacht dorcha. Bhí boladh láidir uaidh. Ní raibh fonn uirthi an tae a ól, ach bheadh uirthi é a chaitheamh mar chuid den tuar. Bhain sí súimín as an deoch. Bhí sé láidir, te, lofa.

Bhraith Bernadette go raibh sí i gcónaí sa chruachás céanna. Ní raibh sí in ann a dhéanamh mar ba thoil léi féin. Bhí rud éigin eile sa tslí uirthi. B'éigean di géilleadh éigin a dhéanamh i gcónaí. An uair seo mar gheall ar an tuar a bheith á lorg aici. An tuar. B'in é an fáth ar tháinig sí. Chun go ndéanfadh Madame Prút an tairngreacht agus sa chaoi sin go bhféadfadh Bernadette an todhchaí a athrú.

Ghéill sí chomh maith don mhéid a dúirt Cóilín léi a dhéanamh. Ghéill sí dá máthair. Ní raibh an dara rogha aici. Ba í siúd a thacaigh léi agus í ag ceannach an árasáin ar an gcéad dul síos. Nuair a thit praghas na dtithe faoi bhun an mhéid a d'íoc siad, bhí siad idir dhá chomhairle faoi leanúint orthu sa seans go dtiocfadh cobhsú ar chúrsaí eacnamaíochta nó an áit a dhíol agus glacadh leis an gcaillteanas.

Tháinig Cóilín ar an socrú lóistéir a fháil don seomra eile chun tacú leis an morgáiste agus na billí. Smaoineamh maith, b'fhéidir, ach ní mó ná sásta a bhí Bernadette nuair a fuair sí amach gur seanchara leis an lóistéir seo.

Cailín an-aisteach go deo a bhí inti. Bhíodh rud éigin le rá aici i gcónaí mar gheall ar gach uile ní a bhain le Bernadette agus Cóilín.

Bheidís ag caint ar fhreastal ar fhéile bhliantúil i mbaile taobh leo agus déarfadh sí; 'An cuimhin leat nuair a d'fhreastail muidne ar an bhféile sin na blianta ó shin, a Chóilín? Bhí an-am againn.' Agus dhéanadh sí caochadh súile leo.

Ar deireadh, chun fáil réidh léi, ba é an leithscéal a thug Bernadette di ná go raibh an seomra breise sin ag teastáil ó Chóilín dá chuid trealaimh potaireachta. Amach leis an lóistéir agus isteach leis an trealamh potaireachta a bhí ceannaithe acu. Bhí cuma cineál caite ar an áit faoin am sin. Bhraith Bernadette go mbeadh sí ag bogadh isteach chun cónaithe in árasán athláimhe seachas an áit dheas nua a bhí ceannaithe aici an chéad lá.

Bhí a cuid tae féin ólta ag Madame agus an cupán curtha ar ais ar an mbord ard. Lonnaigh sí í féin isteach os comhair Bernadette agus bhreathnaigh go staidéarach ar an ógbhean. 'Ní raibh tú ann chun go mbeifeá in ann an fhianaise sin a thabhairt,' ar sí.

'Gabh mo leithscéal?' arsa Bernadette.

'Níor mhair tú le linn ré na n-impireachtaí sin chun go mbeifeá in ann fianaise a thabhairt ar ar tharla. Nó chun argóint chontráilte a dhéanamh.'

Leag Bernadette síos an cupán. 'Bhí mé i láthair i rith mo shaoil féin go léir agus táim in ann fianaise a thabhairt air sin. Tá a fhios agam cad a tharla sa saol agam. Cé nár thaitin gach rud a thit amach liom, nílim chun malairt insinte a chur air sin nuair atá a fhios agam nár tharla sé ar shlí eile. Ní bheadh ann ach cur i gcéill. Dom féin thar aon duine eile.'

Tháinig aoibh cham ar aghaidh Madame Prút. 'Ní ag bréagaireacht a bheifeá dá dtabharfá cuntas mar a thuigeann tú ar an méid a tharla duit. Ní bheadh ann ach do leagan féin den scéal. Cogar, más rud é go raibh a fhios agat cad a bhí ag tarlú ag am i do shaol, cén fáth nach ndearna tú rud ar bith mar gheall air?'

Bhí ag teip ar fhoighne Bernadette anois. Ní hamháin go raibh an t-ábhar ag cur as di ach bhí bealach faoi leith faoin mbean aisteach seo. 'Cén fáth nach ndearna mé rud ar bith mar gheall air?' ar sí go searbhasach. 'Bhí mé bán san aghaidh ag iarraidh rud éigin a dhéanamh mar gheall air! Tá árasán agam nach fiú rud ar bith é. Bheinn tar éis fáil réidh leis ach go bhfuil praghsanna na dtithe ó mo smacht. Ní féidir linn lóistéir a fháil. Tá billí le híoc. Níl aon ioncam ag Cóilín. Is í mo mháthair atá ag íoc an mhorgáiste. Táimse i mo chónaí léi. Bíonn sí cantalach, clipthe. Ní maith liom a bheith léi an t-am ar fad. Níl smacht agam ar rud ar bith agus níl aon seans go mbeidh.'

Bhí saothar anála ar Bernadette. Thit ina cnap sa chathaoir. Chuala sí an ceolán liodánach ó na meaisíní lasmuigh. Níorbh fhiú argóint a dhéanamh leis an mbean seo. Ag meilt ama a bhí sí léi. B'fhearr di dul abhaile. Ceachtar acu – chuig Cóilín nó a máthair.

'Bhí an oiread smachta agat ar chúrsaí agus a ghlac tú ag an am,' arsa Madame Prút.

Chroith Bernadette a cloigeann. 'Bhí rudaí ó mo smacht agus tá go fóill. Níos measa anois fiú.'

'Na rudaí is mian leat a athrú,' arsa an misteach, 'dá gcuirfeá i gceart iad san am atá caite, b'fhéidir nach leasódh sé sin a bhfuil le tarlú sa todhchaí.'

'Abair?'

'B'fhéidir nach mbeadh tionchar fiúntach ag an athrú ar an todhchaí. Nó b'fhéidir nach mbeadh an tionchar ba mhian leat aige ar an todhchaí. B'fhéidir go mbeadh cúrsaí níos measa.'

Ní raibh meas faoin spéir ag Bernadette anois ar chaint na mná. Ní bean chliste a bhí inti in aon chor ach óinseach. Ní raibh ach seafóid á rá aici. 'Ní dóigh liom go bhféadfadh rudaí a bheith níos measa ná mar atá, dá mbeinn tar éis rud beag fabhrach amháin a athrú i mo shaol go dtí seo.'

Chuir Madame Prút a lámha ar an liathróid chriostail agus dhún na súile. 'Ar chuala tú trácht ar dhlí na meán?'

'Níor chuala,' arsa Bernadette go leamh. Dlí agus polaitíocht – ní raibh puinn suime aici iontu. Bhain sí súimín eile as an tae. Bhí sé lofa fós ach ba bheag eile a bhí le déanamh aici.

'Dlí na meán. Comhardú an nádúir. Fiú má dhéanann tú iarracht rud éigin a athrú, titeann rudaí amach mar a bhí pleanáilte ó thús. Lúbann an nádúr í féin chun í féin a cheartú. Oirchill a thugann roinnt daoine air.'

Chlaon Bernadette chun tosaigh sa chathaoir. 'An é go bhfuil tú ag rá liom, dá mbeinn tar éis gach rud a athrú sa saol, go mbeadh an toradh ag an deireadh fós mar an gcéanna?'

D'oscail Madame Prút na súile arís agus rinne aoibh le Bernadette. 'Gach seans go mbeadh. Gach seans go mbeifeá fós anseo ag caint liom agus tú ag iarraidh an todhchaí a athrú toisc nach mbeifeá sásta leis an leagan sin ach oiread.'

Rinne Bernadette iarracht ciall a bhaint as seo. 'Sásta leis an leagan sin ach oiread?'

Sméid Madame Prút a cloigeann. 'Gach rud a tharlaíonn, bhí sé beartaithe ó thús ama. Is de bharr na dtréithe atá againn agus an claonadh atá ionainn is féidir é sin a rá. Cuireadh le chéile muid na milliúin bliain ó shin. An t-iarann atá ag sreabhadh tríd na féithleoga againn, an ocsaigin atá á hanálú againn, an carbón as a ndéantar comhdhúil orgánach ár saoil. Tá siad ann leis na cianta. Is seanchine muid. Chomh hársa leis na réalta. Tá a bhfuil in ann dúinn leagtha amach sa DNA. Ó thús ama. Ach an é go síleann tú go bhfuil an t-am líneach? Tá dul amú ort más ea.'

Cad ab fhiú do Bernadette teacht anseo in aon chor? Agus bhí daoine tar éis dea-thuairisc a thabhairt mar gheall ar an mbean seo. Ní raibh inti ach bean ghrinn. Dhoirt sí a raibh fágtha den tae isteach sa bhfochupán agus bhrúigh an cupán trasna an bhoird chuig Madame Prút.

'An bhfuil tú chun tairngreacht a dhéanamh dom?' arsa Bernadette. 'Na duilleoga a léamh nó pé rud a dhéanann tú.'

'Níl.'

Leath Bernadette a béal. 'Níl?'

'Nílim chun tuar a thairngreacht ós rud é go bhfuil a fhios agatsa níos fearr ná duine ar bith ar domhan, cad atá de rún agat a dhéanamh amach anseo.'

'Níl a fhios agam cad a dhéanfaidh an duine in aice liom!' arsa Bernadette go cliste.

'Ach is tusa atá ag baint den duine sin. Tusa atá i gceannas i gcónaí.'

'Bhuel, iarraim ort rud éigin a dhéanamh dom mar sin! Nó cén fáth a dtagann duine ar bith chugat in aon chor?'

Thosaigh an misteach ag gáire. 'Tá tú iarraidh an saol agat a athrú mar sin? An todhchaí a athrú, agus teastaíonn uait go ndéanfainnse é sin duit? Tá smacht níos fearr agatsa air sin ná mar atá agat ar aon rud eile ná ar aon duine eile.'

Bhí an bhean seo craiceáilte.

'An bhfuil orm íoc as an gcoinne seo?' arsa Bernadette agus í ag seasamh.

Tháinig racht uafásach gáire ar Madame Prút. 'Ábhairín déanach an cheist sin a chur anois, nach bhfuil? An bhfuil ceacht ar bith foghlamtha agat sa saol? Táimse tar éis mo tháille a ghearradh cheana féin.'

'Níor thug mé rud ar bith duit.'

'Ní fheadar, gach uair a bheifeá ag tabhairt faoi rud éigin, dá mbeadh a fhios agat cé mhéad a chosnódh sé ort, an dtabharfá faoi in aon chor? Tá an seisiún thart. Imigh uaim anois.'

Bhí mearbhall ar Bernadette. Gealt ab ea í seo. Í craiceáilte amach is amach. Níor theastaigh uaithi anois ach éalú. Ba dheacair di an bealach amach ón bpuball a aimsiú agus ba bheag nár thit sí amach nuair a d'aimsigh sí an oscailt. Bhuail an t-aer breá úr í amuigh.

D'aithin sí rud éigin as riocht láithreach. Bhí an áit ciúin agus dorcha. Tharraing sí anáil thobann. Cá raibh an t-aonach siamsaíochta? Na meaisíní. Na soilse. An ceol. Bhí gach rud imithe! An roth mór, an traein taibhsí, na tuairtcharranna, na stainníní. Iad go léir imithe!

Nó an é go raibh cleasaíocht éigin ar siúl ag Madame Prút agus a lucht leanúna? B'fhéidir gur bogadh í fad is a bhí sí istigh. Chun cur leis an tseafóid.

Chas Bernadette timpeall chun dúshlán na caillí a thabhairt. Baineadh stangadh aisti. Bhí an puball imithe. Agus gach rud a bhain leis. Dochreidte!

'Heileo?' ar sí. 'A Chóilín? An tusa a rinne é seo? Tá sé an-ghreannmhar ar fad.'

Ní bhfuair sí freagra ar bith. Rith creathán fuachta tríthi. Bhreathnaigh sí mórthimpeall uirthi féin agus í ag gliúcaíocht sa dorchadas. Bhí na réaltaí ag lonrú go geal sa spéir. D'aithin sí gur gort é seo a bhí an-chosúil leis an ngort ina raibh an t-aonach. Ach b'fhéidir nárbh é an áit cheannann chéanna é. D'fhéadfadh sí an baile a dhéanamh amach píosa beag uaithi. Ní raibh le déanamh aici ach dul thar an mballa cloiche, siar an bóthar agus bheadh sí istigh i gcroí an bhaile faoi cheann trí nóiméad. Bhuailfeadh sí isteach ag Cóilín chun an scéal a insint dó. Thosaigh sí ag siúl. Bhí an talamh faoina cosa tirim.

Ghéaraigh sí luas a cos. Bhí an chéim suas ann mar a bhí i gcónaí ar an mballa. Léim sí thairis. Chonaic sí teach a máthar roimpi. B'fhéidir gurbh fhearr di dul ansin ar dtús. Bhí solas fós ar siúl sa teach. Chuirfeadh sí glaoch uaidh sin ar Chóilín.

Bhí saothar anála uirthi nuair a tháinig sí chomh fada leis an doras. I ndiaidh roinnt útamála, d'aimsigh an eochair agus chuir isteach sa doras é. Ní chasfadh sí. Bhuail sí cnag práinneach ar an doras.

'Heileo, a Mham! Oscail an doras. Mise atá ann! Bernadette.'

Chonaic sí scáil a máthar ag teacht chun an dorais. Osclaíodh an doras.

Ní hí a máthair a bhí ann roimpi ar thairseach an dorais, ach strainséir. Fear. Sciorr íomhá dá hathair trí intinn Bernadette. Ar gaol léi an té seo? Bhrúigh sí thairis. Cá raibh a máthair? Bhí duine eile ina seasamh sa halla. Níor aithin sí í siúd ach oiread.

'Cé tusa?' arsa Bernadette. Bhí sí ag éirí bréan de na cleasa seo. Theastaigh uaithi dul a luí ina leaba féin le muga seacláide te. 'Cad atá ar siúl agaibh i mo theach?'

'Do theach?' a gháir an bhean. 'An bhfuil tú i gceart, a stór?'

Sciorr súil Bernadette thar an bpáipéar ar an mballa. Bhí sé iomlán difriúil.

Bhí troscán éagsúil sa halla freisin. Bhí an brat urláir éagsúil. Agus pictiúir ar an mballa. Bhí gach rud iomlán difriúil ó d'fhág sí an áit an mhaidin sin.